우리가 별을 볼 때

우리가 별을 볼 때

초판 1쇄　2022년 5월 16일

지은이　이혜오
편집　김화영
마케팅　어쩌면 이 책을 읽은 누군가
디자인　지완

펴낸이　김화영
펴낸곳　책나물
등록　제2021-000026호(2021년 3월 8일)
이메일　booknamul@daum.net
블로그　blog.naver.com/booknamul
인스타그램　@booknamul

ISBN　979-11-974142-9-9 (03810)

우리가 별을 볼 때

이혜오 장편소설

차늠

J에게

_____

봄

진해의 봄, 이라고 하면 나는 '난리 벚꽃장'이라는 표현
을 생각한다. 무릇 벚꽃을 떠올리면 세라복을 입은 여고생
이 아련한 첫사랑을 하는 일본 애니메이션이 연상되게 마
련이지만, 나에게 벚꽃은 늘 복개천 부근에 꽉 들어찬 매대
들, 산처럼 쌓인 헐값의 잡동사니들과 통돼지 바비큐의 냄
새, 나무젓가락에 꽂힌 참새구이의 충격적인 형태, 덜 자란
몸으로 북적이는 인파를 뚫고 나갈 때의 막막한 심정, 느닷

없이 바뀌어버린 시내버스의 운행 노선 같은 것들과 더 가깝게 느껴졌다. 군항제가 열리는 날짜는 매년 고심을 거쳐서 예측한 개화 시기에 맞춰 선정되었는데, 일단 장이 서고 나면 만개한 벚꽃은 창백한 뒷전이었고 사람들은 군악대의 행진과 불꽃놀이와 장터의 어수선함을 즐기기에 바빴다.

결국 인간이 기념하는 것은 꽃도 계절도 아니고 무언가를 기념하는 행위 그 자체라는 것을, 그때의 나는 잘 이해하지 못했고 그래서 항상 어리둥절했던 것 같다. 꽃을 구경하는 축제에서 꽃을 보지 않는 사람들. 그러면서도 즐거워하는 사람들 사이에서 나는 항상 혼자인 기분이었다. 그렇다고 내가 꽃을 보고 싶은 사람이었느냐고 하면 그건 또 아니었는데, 솔직히 말하면 나는 다른 사람들처럼 즐겁고 싶었다. 나로서는 이해할 수 없는 그 즐거운 공동체에 소속되고 싶었다. 그럴 수가 없다는 사실을 받아들이기 위해 나는 우월함을 가장해야 했다. 외롭다는 건 창피한 일이었으니까. 모르는 게 아니라 알지만 싫어하는 거라는 듯 시니컬한 태도로 나는 나를 지켜야 했고, 그럴수록 모르는 게 많아졌다.

요컨대 진해 사람들에게 벚꽃은 별로 낭만적인 식물이 아니었지만, 떨어지는 벚꽃잎을 손으로 받으면 첫사랑이 이루어진다는 전국적 미신은 진해에서도 통용되는 것이었다. 나는 그것을 믿지 않았고 또 꽃잎을 따라 팔랑거리는 또래 애들을 업신여기는 듯이 행동했지만, 늦봄에 혼자 길을 걸을 때면 또 별수 없이 슬쩍 손바닥을 내밀곤 했는데, 2009년의 하굣길에는 처음으로 떨어지는 벚꽃잎을 낚아채는 데 성공했다. 내가 다니던 학교는 벚꽃장이 열리는 시내 부근과 꽤 떨어져 있었으므로 그 사건은 '난리 벚꽃장' 속이 아닌 벚나무가 늘어선 큰길가에서 일어났고, 따라서 관점에 따라 꽤 로맨틱한 것으로 여겨질 만했다. 나는 열다섯 살이었고, 하굣길엔 언제나 혼자였고, 그런데도 재빨리, 있지도 않은 누군가의 시선을 의식하며, 꽃잎을 교복 재킷 주머니에 쑤셔 넣었다. 꽃잎을 따라 팔랑거리며 호들갑 떨고 싶은 마음, 그런 시시한 걸 보여주고 자랑할 사람이 없다는 데서 오는 은은한 쓸쓸함까지 한데 모아서.

그로부터 일주일 뒤, '유니버스'는 내게 와 나의 우주가 되었다.

그날 나는 평소처럼 교실 창가에 혼자 앉아서 운동장을 내다보며 급식을 소화시키고 있었다. 교내 방송부는 점심 시간마다 음악을 틀어줬는데, 그날의 플레이리스트에 있던 곡이 바로 〈빛 드는 창〉이었다. 2008년에 데뷔한 6인조 남자 아이돌 그룹 유니버스의 2집 수록곡.

　부서지는 햇빛
　숨어드는 달빛
　쓰다듬는 별빛
　너는 단 하나의 광원

반 애들의 떠드는 소리 너머로 산들산들 후렴구를 부르는 가수의 목소리가 이상하리만치 익숙하게 느껴졌다. 기억나지 않는 어린 시절에서부터 끌어올린 것 같은, 어쩌면 희미한 전생에서부터 알던 것 같은 목소리. 당시 나는 유니버스의 수록곡은커녕 타이틀곡도 몰랐기 때문에, 우리 반 방송부원에게서 그날의 플레이리스트를 얻어다가 집에서 한 곡 한 곡 재생해본 후에야 목소리의 주인을 발견할 수 있었다.

이안. 유니버스의 리드보컬이자 〈빛 드는 창〉의 작사가, 작곡가였다. 당연한 수순처럼 나는 그를 사랑하게 되었다. 첫눈이 아니라 첫 귀에 반했다고, 나는 자랑스레 말하곤 했다. 얼굴만 보고 그들을 쫓아다니는 여느 팬들과는 다르게,

나는 뮤지션 이안의 멜로디와 가사와 목소리를 계기로, 운명적으로 유니버스를 사랑하게 된 것이었다. 그 사실이 내게는 중요했다. 나는 흠집 없는 규칙의 세계에서 당위의 비호를 받을 때에만 안정감을 느끼는 사람이었으므로. 내 사랑에는 당위가 필요했다. 나는 이안의 목소리에 반했지만, 그 사실만은 명백했지만, 점차 이안의 모든 면면이, 결국에는 이안의 존재 자체가, 내 사랑의 당위가 되어갔다. 유난히 가느다란 발목. 웃을 때면 동공이 사라질 만큼 휘어지는 눈과 그 밑의 못난이 보조개. 긴 속눈썹. 동그란 코끝. 얄팍한 입술. 미끈둥한 얼굴형. 자일리톨 껌 같은 앞니. 그가 인천 송도 출신이라는 사실. 어릴 때부터 키운 거북이가 있다는 사실. 학창 시절엔 나처럼 급식에 나오는 미역줄기를 싫어했다는 사실. 나이 차가 많이 나는 형이 있다는 사실. 덕분인지 촐싹거리는 성격. 자신이 만든 서정적인 노래들과 어울리지 않게 끊임없이 농담을 하며 팀 내의 분위기메이커를 자처하는 그의 모습을 '깬다'고 하는 사람들도 있었지만, 나는 이안의 그런 점마저 사랑했다. 조금 더 명확히 말하자면, 사랑할 수밖에 없었다. 불가항력에 가까웠다.

아이돌 그룹의 멤버인 이안을 사랑하는 올바른 방식은 그가 속한 그룹 전체를 사랑하는 것이었다. 그래서 나는 그렇게 했다. 아이돌 그룹을 사랑하는 일은 세상에서 제일 쉬웠다. 그들은 사랑받기 위해 만들어진 사람들이었으니까. 조약돌만 한 호감은 팬덤이라는 생태계 안에서 금세 집채만 한 사랑으로 불어났다. 유니버스의 팬클럽, '안드로메다'에는 어디에도 없던 내 자리가 있었다. 사랑하기만 하면 소속될 수 있는 세계. 나는 그 빛나는 세계 안에서 처음으로 '우리'를 경험했다. 하루 종일 유니버스의 목소리를 듣고, 그들의 얼굴을 땀구멍 하나까지 들여다보아도 지루하지 않았다. 그들의 속눈썹과 쌍꺼풀과 콧구멍과 윗입술을 문신처럼 뇌리에 새겼다. 내 어디에서 그만한 사랑이 나오는 것인지 알 수 없었다. 나는 유니버스 말고는 누구도 사랑하지 않았다. 나조차도.

멤버들이 인간이 아니라 우주에서 온 행성들이라는 설정에 따라, 유니버스는 그전까지 남자 아이돌 그룹들이 시도하지 않던 중성적이고 실험적인, 거의 공상과학적인 콘셉트들을 소화했고, 누구나 좋아하는 가수라기보다 특별한 안목을 가진 사람들만 좋아하는 가수로 자리매김했다. 물론 유니버스는 대형 기획사 소속이었으므로, 그 특별한 안목을 가진 사람들을 모아놓으면 내가 살던 진해시—2011년부터는 진해구가 되었다—의 인구에 좀 못 미칠 정도로 많았지만, 중요한 것은 유니버스의 그런 반쪽짜리 마이너함이 안드로메다를 '우리'로 만들었고, 그 덕에 나는 J와 친구가 되었다는 사실이다.

　J와 나는 중학교 3학년에 올라와 같은 반이 됐다. J는 머리를 짧게 자르고 바지 교복을 입은, '그런 부류'의 아이였다. 공학이었던 우리 학교에도 '그런 부류'가 종종 있었다. 사실 처음에 나는 그 애가 못마땅했다. J의 외관이 남자가 없는 여자 반에서 남자 흉내로 인기를 끌어보려는 얄팍수라고 생각했다. 그럼에도 J와 친구가 될 수 있었던 건, 그 애가 안드로메다여서였다. 서울에는 안드로메다가 많은 것 같았지만, 진해에는 유니버스를 좋아하는 사람이 몇 없었다. 내게는 학교에서 유니버스 이야기를 할 친구가 필요했고, 좀 더 나아가서는 유니버스를 알아볼 안목을 가진 애라면 나와 취향이 비슷할지도 모른다는 기대감이랄까 믿음 같은 것이 있었기 때문에, 우리는 급속도로, 거의 기적적인 속도로, 친해졌다.

　학기 초 J와 나는 반쯤 경쟁적인 태도로 유니버스에 대해 우리가 아는 사실들을 늘어놓으며 시간을 보냈다. 나는 멤버들 각각의 본명과 가족관계와 출신지와 생년월일을 전부

외우고 있었지만, 알고 보니 그 정도로는 뭘 안다고 하기에도 민망한 수준이었다. J는 내게 테오가 '승수야' 하고 본명을 불러주는 팬에게 더 다정하다는 사실, 호수가 오디션을 보러 간 친구를 따라갔다가 얼떨결에 캐스팅되는 바람에 그 친구와 멀어졌다는 사실, 카디가 학창 시절 교내 방송부에서 군기깨나 잡기로 유명한 선배였다는 사실, 유준의 누나 역시 같은 소속사에서 연습생 생활을 했지만 지금은 그만두고 모 대학의 유아교육과에 다니고 있다는 사실 따위를 알려주었다. 그런 정보들을 토대로, 우리는 멤버들의 본모습과 그들 사이의 관계를 추리하는 데 열을 올렸다.

"아무래도 이안이랑 카디는 형제 같은 느낌이 있지. 5년 넘게 같이 연습했으니까."

"그치, 너무 형제지. 호모로 먹기는 좀 그렇지."

나도 모르게 '호모'라는 단어를 뱉고 뜨악하며 J의 표정을 살폈다. 사랑하는 오빠들로 그런 식의 유희를 즐기는 걸 용납하지 못하는 팬들도 있었으니까.

나로 말할 것 같으면, 유니버스를 좋아하기 시작한 지 삼사 개월쯤 지났을 때 '팬픽'의 세계에 발을 들였다. 끝 갈 데 없는 사랑을 가로막는 카메라들이 야속할 때. 쏟아지는 시선 뒤의 유니버스가 궁금할 때. 진해에 사는 내게 그들의 숙소 앞에 진을 치는 '사생팬'이 되는 일은 불가능에 가까웠으므로, 1차가 주는 가공된 떡밥만으로는 부족해질 때, 그들이 사랑할 때 짓는 표정이나 섹스할 때 내는 소리 같은 것들이 궁금해질 때 남은 선택지는 하나였다. '팬픽'을 읽으면 됐다. 유니버스의 리드보컬 이안이 아닌 대학생 권이안, 피아니스트 권이안, 플로리스트 권이안, 의사 권이안, 검사 권이안, 무명 작사가 권이안, 시인 권이안, 재벌 3세 권이안, 고등학생 권이안…… 수많은 권이안들의 사랑 이야기가 이안에 대한 내 끝없는 갈증을 달래주었다.

J는 질색을 하는 대신 눈을 빛내며 내 쪽으로 한 뼘 가까이 다가왔다. 코끝에서 그 애의 녹녹한 살냄새가 감돌았다.

"니 무슨 커플링 밀어?"

나는 '호이'(호수×이안) 커플을 좋아했다. 동갑내기인 호수와 이안은 실제로도 친했다. 장난기 넘치는 이안을 무던하고 말 없는 호수가 받아주는 둘의 관계가 좋았다. 스킨십을 싫어하는 호수가 이안 한정으로 포옹과 어깨동무에 한없이 너그러워지는 것, 이안이 한 방송에서 자작곡을 만들

면 호수에게 가장 먼저 들려주고 의견을 구한다고 한 인터
뷰…… 그들이 사랑하고 있다는 증거는 많고 많았다.

J는 진권(진영×이안) 커플을 좋아한다고 했다. 음악을 타
고난 이안과 춤을 타고난 진영의 조합이 천재들의 운명적
만남 같다고. 키가 큰 진영 옆에서 한층 자그마해지는 이안
의 모습이 보호본능을 자극하고, 진영이 이안보다 두 살 어
리다는 사실도 '꼴린다'고 했다.

중요한 건 우리가 둘 다 이안을 '공'이 아닌 '수'로 해석
하고 있다는 사실이었다. 거칠게 말하면 '공'은 섹스할 때
삽입하는 역할, '수'는 섹스할 때 삽입당하는 역할이었다.
하지만 '호모 판'에서 '공수'에는 섹스포지션 이상의 의미
가 있었다. 그것은 실존하는, 그러나 동시에 미지의 인물인
유니버스 멤버들의 말과 행동을 어떤 방식으로 해석할 것
인지에 대한 문제였고, 우리 모두는 그들을 너무나 사랑했
으므로 각자가 해석한 그들의 모습이 실제의 그들과 가장
가까울 것이라고 믿고 싶어 했다. 따라서 한 멤버를 공으
로 보는 집단과 수로 보는 집단 간에는 그야말로 안드로메
다은하만큼의 거리가 있었다. 특히 호이(호수×이안) 세력
과 이수(이안×호수) 세력은 하루가 멀다 하고 싸움을 벌이
기로 팬덤 밖에서까지 유명할 정도였다. J가 '호수는 이름

에까지 수가 들어가는 수 중의 수다' 같은 소리를 하는 이수 세력의 사람이었다면 우리의 관계는 그날로 끝장이 났을 테지만, 다행히 호이와 진권은 그렇게 먼 취향이 아니어서, 나와 J는 싸우지 않고 사이좋게 팬픽 이야기를 할 수 있었다.

그 무렵 애들 사이에서는 '공수테스트'라는 게 유행했다. 자신이 팬픽에 나오는 공과 수 중 어느 쪽에 가까운지 알아볼 수 있는 테스트였다. 나는 '앙탈수'였고, 나에 대한 이해석이 퍽 마음에 들었다. J는 '절대강공'이 나왔다. 어떤 사람과 붙어도 공 자리를 차지하고야 마는, 공 중의 공. J는 나를 '주다인' 대신 '앙탈수'라고 부르기 시작했다. "앙탈수일로 온나!" J가 책상에 손을 짚고 서 있던 내 팔을 끌어당겨 자신의 무릎 위에 나를 앉혔다. J의 허벅지는 뜨끈뜨끈하고 단단했다. "니 엉덩이가 왜 이렇게 뾰족한데!" J가 장난기 가득한 목소리로 내게 핀잔을 줬다.

나는 자주 J의 책상으로 갔고, J는 그럴 때마다 "앙탈수일로 온나!" 하며 내 중심을 무너뜨려 자기 위에 앉혔다. 그러면 나는 얼마간 반항하다가, 뒤로 고개를 젖혀 J의 어깨에 목을 기댔다. 곧 내 자리는 J의 허벅지 위가 되었다.

내가 J보다 5cm나 컸지만, '절대강공'과 '앙탈수'인 우리의 관계상 그쪽이 더 자연스러웠다. 쉬는 시간이면 J는 제 다리 위에 앉은 나의 치마 위에 담요를 덮고, 내 배 위로 안전벨트처럼 팔을 둘렀다. 그러고 있으면 편안했다. 따뜻한 J의 다리 위에 앉아 J의 손을 덮고 유니버스 얘기를 하는 게 좋아서 난생처음으로 학교 가는 게 기다려졌다.

내 편견과는 달리 J는 남자 흉내를 내는 게 아니었다. 애초에 남자 같지도 않았다. J는 남자가 되고 싶은 게 아니라 '절대강공'일 뿐이었다. 타고나길 치마보다 바지가 잘 어울리고, 긴 머리보다 숏컷이 잘 어울리고, 중저음의 목소리를 갖고 태어난 것뿐이었다. '남자 같다'는 강렬한 인상, 또는 편견을 걷어내고 나면 그 애의 귀여운 덧니와, 까무잡잡한 피부와, 통통한 입술, 끝이 살짝 올라간 입매, 웃을 때 생기는 희미한 보조개, 꼬리가 처진 눈, 동글동글한 손가락과 천진난만한 웃음이 보였다. 그런 것들엔 성별이 없었다.

무엇보다 남자 아이돌인 유니버스를 좋아, 아니 마음을 다해 사랑한다는 점에서 나는 J가 레즈비언일 리 없다고 생각했다. '공수' 놀이는 놀이일 뿐이었다. J가 공인 건 괜찮았지만, 레즈비언인 건 싫었다. 유니버스 멤버들이 게이로 나오는 팬픽을 수없이 읽으면서도 유니버스가 '게이 같다'는 말을 들으면 발끈하던 시절이었다.

'J여신'을 알게 된 건 트위터를 통해서였다. 어느 팬덤에서든 수준 높은 팬픽을 쓰는 이들에게는 '여신'이라는 칭호가 붙었는데, 그래서 J여신은 여신이었다. 당시 나는 미성년자여서 여신들의 팬픽이 주로 올라오는 유명 팬페이지들에 가입할 수 없었기 때문에, 트위터에서 정보를 얻어서 그들의 개인 홈페이지에 찾아가 팬픽을 읽었다. 대부분의 개인 홈페이지는 성인 인증을 요하지 않았으나 세 줄 이상의 인사말과 함께 회원가입 절차를 밟아야만 팬픽을 읽을 수 있는 회원제 시스템이었다. 홈 주인이 쓴 팬픽을 한 자도 읽어보지 못한 상태에서 인사말로 세 줄을 채우는 일은 만만치 않았지만 그것도 반복하다 보니 요령이 생겼다. 트위터에서 J여신의 존재를 알게 된 나는 몇 번의 구글링을 통해 그녀의 개인 홈페이지를 찾아냈다. jardindej.er.ro. 푸르스름한 화면에서 처음 들어보는 외국 노래가 흘러나왔다. 메인 페이지에는 짤막한 공지사항이 있었다.

안녕하세요. 만나서 반갑습니다.
'픽션'에는 팬픽, '논픽션'에는 제 개인적인 글이 올라옵니다.

'픽션'은 전체공개, '논픽션'은 회원 공개이니 회원가입은 원하시는 분만 해주시면 됩니다. 가입 조건은 따로 없습니다.

낯을 많이 가리지만 들러주시는 모든 분을 환영합니다. 건성건성 다녀가셔요.

억지로 인사말을 쓸 필요가 없다고 생각하니 마음이 여유로워졌다. '픽션' 아이콘을 클릭했다. 단편 「베를린」, 「코발트블루」, 「외계에서 온 남자」가 올라와 있었고, 장편 『4월 이야기』는 8편까지 연재 중이었다. 나는 탐색전을 벌이듯 「외계에서 온 남자」를 읽기 시작했다.

저는 외계에서 왔어요.

나는 그가 미쳤다고 생각했다. 아니면 사기꾼이거나. 사기꾼이라면 지긋지긋했다. 삼천만 해오면 앨범을 내주겠다던 기획사 실장 같은 놈들. 그런 놈들 몇을 잘못 믿었다가 이렇게 됐다.

이상하네, 사기꾼 관상은 아닌데. 남자의 맑은 눈에서는 남을 속여 먹이려는 의도 같은 건 찾아볼 수 없었다. 오히려 의도랄 것을 건져내기가 어려울 정도로 그 자체로 호수처럼 담심하고 아름다웠다. 그 눈을 바라보고 있자니 남자의 말 같지도 않은 소리를 믿어보고 싶어졌다.

안 믿어주셔도 별수 없어요. 나한테 다른 선택지는 없어요. 당신을 찾아 87억 광년을 날아왔으니까.

나는 그의 면전에서 문을 쾅 닫았다.

지구의 소리를 무작위로 송출하는 고장 난 우주 라디오를 듣던 외계인 호수가 어느 날 무명 가수인 이안의 노래를 듣고 그 목소리를 따라 87억 광년을 날아온다는 낭만적인 SF 러브스토리, 「외계에서 온 남자」는 이안의 목소리를 듣고 첫 귀에 반한 내 모습을 떠올리게 하는 수작이었다. 아름다운 이야기이기도 했지만, 사실 무엇보다 나를 감동하게 한 건 칼같이 지켜진 맞춤법이었다. 그런 팬픽은 흔치 않았다. 나는 외톨이 십대였으니 필연적으로 독서광이었고, 평생 출판사에서 교정을 본 깨끗한 텍스트에 길들여지는 바람에 웹상에 더러 게시되는 날것의 글들을 삼키기엔 비위가 약했다. 이야기가 아무리 재미있어도 '됬어.' '걔가 그랬데.' 한 마디에 몰입이 깨져 중도하차했다. 「외계에서 온 남자」는 그대로 출판해 책으로 내도 될 만큼 깔끔했고, 솔직히 나는 그 이유만으로 J여신을 무한정으로 신뢰하게 되었다. J여신이 쓴 거라면 호이가 아니더라도 읽을 수 있을 것 같았는데, J여신은 호이만 썼다. 그래서 더 좋았다. 뿌듯하기까지 했다. 역시 호이는 진짜야. 안목 있는 사람들은 모두 호이를 알아봐. 나는 활짝 열린 마음으로 『4월 이야기』를 읽기 시작했다.

봄볕이 따가운 날이었다. 아무런 예감도 전조도 없이, 사랑이 나에게 왔다.

『4월 이야기』는 그렇게 시작했다.

4월은 이안이 태어난 달이었다. 덕분에 내 모든 비밀번호는 '0403'으로 통일되었다. 『4월 이야기』에서 호수가 이안의 학교로 전학을 오는 달, 그렇게 이안이 호수에게 첫눈에 반하게 되는 달도 4월이었다.

쏟아질 것같이 그렁그렁한 눈. 목탄으로 그린 것 같은 짙은 눈썹. 하얗고 매끈한 이마. 시원스레 뻗은 콧대. 앞 광대가 톡 튀어나와 광대와 코 사이가 도톰했다. 인중이 깊었고, 푸른 기가 도는 입술은 도톰했고, 통통한

볼살 아래 턱선은 의외로 진하게 각이 져 있었다. 하나
씩 떼어놓고 봐도 인상적인 이목구비. 그러나 한데 모아
놓으니 왠지 백지 같은 구석이 있었다. 무엇이든 될 수
있을 것 같은 얼굴. 묵은 갈증을 해소하는 샘물 같은 얼
굴. 하지만 녀석이 그런 얼굴을 하고 있지 않았어도, 아
니 아니 어쩌면, 그 애가 꼭 그런 얼굴을 하고 있었기 때
문에… 이미 내가 확신할 수 있는 건 녀석을 사랑하게 될
거라는 사실뿐이었다.

이안과 호수가 서로의 마음을 확인하는 건 이듬해 4월.

나는 운이 좋은 사람이 아니었고, 내내 그게 불만이었다.
좋아해, 이호수가 그렇게 말한 순간 깨달았다. 그건 평생
의 운을 여기에 다 써버렸기 때문이라는 걸. 그 애가 나
를 좋아한다. 나를 좋아해서 고개를 떨어뜨리고 목소리
를 떤다. 있을 수 없는 일. 그런데 그런 일이 생겼다. 세
상에 이런 일이. 60억 인구 중에 하필 우리 엄마와 아빠
가 만나, 하필 나 권이안이, 하필 4월 3일에 태어날 확률.
그것보다 희박해 보였던, 내가 첫눈에 반한 그 애가 나를
좋아하는 일. 일생일대의 사건. 역시 태어나길 잘했지.

나는 눈을 감고 떨고 있는 이호수의 양 볼을 감쌌다. 목이 메어 말이 잘 나오지 않았다. 나도, 나도 그래.

이안과 호수가 이별하는 것은 6년 뒤의 4월.

그만두자. 내가 그렇게 말했을 때, 녀석의 완벽한 얼굴이 완전히 일그러졌다는 사실. 그게 아직도 조금은 기뻤다. 무슨 말을 하는 거냐고 한 번 되묻지도 않고 무작정 무릎부터 꿇는 녀석의 단순함. 자존심 같은 것 없이 젖은 목소리로 내게 제발, 하며 매달리는 녀석의 순정함. 그런 것들을 사랑했다. 사랑했지만.

그리고 이안과 호수가 우연히 재회하는 것도 4월이었다.

처음엔 담배 연기가 너무 자욱해서 잘못 봤나 싶었다. 내 눈을 믿을 수가 없어서 한참이나 빤히 그를 바라보자 내 시선을 느꼈는지 그도 이쪽을 쳐다봤다. 눈이 마주쳤다. 아…….

태어나길 잘했다. 그런 생각을 해버렸다. 다시, 최초의 4월.

다소 작위적인 설정이라는 생각을 지울 수 없었음에도 그 똑 떨어지는 낭만에 마음이 끌렸다. 단숨에 여덟 편을 모두 해치웠다. 『4월 이야기』를 읽는 짧은 시간 동안 나는 사랑에 빠지고, 연애를 끝내고, 헤어진 연인을 그리워하다 그와 재회했다. 연재 분량은 거기서 끝이었다. 롤러코스터를 타고 난 것처럼 뺨이 뜨겁고 심장이 벌렁거렸다. 나는 이런 이야기가 좋았다. 거창한 문장으로 가득한 시시한 연애 이야기. 출생의 비밀이나 기억상실, 각종 거대담론의 개입 없이도, 서로를 만나고 사랑하고 헤어지는 일이 서로의 인생에서 단 하나의 사건이 되는 그런 이야기. 꼭 직접 그런 사랑을 한 것처럼 마음이 벅찼다. 8편을 다 읽자마자 1편으로 돌아가 다시 전편을 읽어나갔다. 「베를린」과 「코발트블루」도 읽어치웠다. 그러자 회원가입을 해야만 볼 수 있다는 '논픽션'까지 읽고 싶어졌다. 이렇게 멋진 이야기를 써낸 J여신은 또 얼마나 멋진 사람일지, 궁금해졌으니까. 회원가입 창을 열어 내 정보를 입력하고, '메모'란에 공들여 인사말을 적어나갔다. 평범한 열다섯 살짜리처럼은 보이지 않도록, 짐짓 어른스러운 말투를 꾸며내며.

안녕하세요, 여신님. 트위터에서 흘러들어와 여신님이

쓰신 픽션을 모두 읽었습니다. 모두 너무 좋았어요. 특히 『4월 이야기』가 너무너무 좋아서 지금 어디에라도 머리를 쾅 박고 싶은 심정입니다. 어디가 좋았냐고 하시면 팔만대장경을 쓸 수가 있는데요, 가장 좋은 점은 이안과 호수의 사랑만으로 이야기가 완성된다는 점이에요. 이안과 호수가 서로의 인생에서 단 하나의 사건이 된다는 게 좋아요. 제 인생에는 아무것도 없거든요. 팬픽을 읽을 때에만 사랑하고 사랑받는 느낌이 들어서 가끔은 그 세계 안에서 살고 싶다는 생각을 해요. 지나가는 엑스트라로라도요. 『4월 이야기』를 처음부터 끝까지 두 번 반복해 읽고 나니 이제는 여신님을 더 알고 싶어져서 수줍게 회원가입을 신청합니다. 팬픽 써주셔서 감사해요. 그리고 맞춤법과 띄어쓰기를 완벽하게 지켜주셔서 감사해요.

J여신은 짧은 메시지와 함께 나를 회원으로 받아들여 주었다. J여신과 나 사이에 오고 간 긴 필담의 시작이었다.

다잉님, 반갑습니다. 다잉님이 『4월 이야기』에서 좋아해주시는 부분이 제가 팬픽을 쓰는 이유와 정확히 일치해서 좀 신기하다는 생각이 들었네요. 제가 글을 쓸 때 내용보다 더 집착하는 부분—맞춤법과 띄어쓰기—을 짚어주셔서 그것도 신기했고요. 저도 다잉님을 더 알고 싶어집니다. 부디 논픽션에 올라오는 글들을 보고도 저를 징그러워하지 않아주시길 바라며!

나는 J에게 『4월 이야기』를 읽히고 싶어졌다. J에게 서로 가장 좋아하는 팬픽을 바꿔 읽어보자고 말했다. 넌 진권을 좋아하고 난 호이를 좋아하지만, 『4월 이야기』는 커플링을 불문하고 읽을 가치가 있는 이야기라고, 이건 필수 교육 과정에 포함시켜야 하는 희대의 역작이라고! 나는 역설했다. J는 곰곰이 생각해보더니 내 제안을 수락했다.

J가 내게 읽으라고 내민 것은 텍스트 파일이 아니라 스프링 노트였다. 이 팬픽을 너무 좋아해서 필사까지 해버린 거냐고 묻자, J는 몇 번 헛기침을 하더니 그게 자기가 직접 쓴 글이라고 고백했다.

팬픽 말고 다른 책을 거의 읽지 않던 J와 달리 나는 팬픽이라는 게 존재한다는 사실을 알기 전부터 책을 많이 읽었다. 초등학생 때 이미 50권짜리 세계문학전집을 독파했고, 『제인 에어』를 좋아해 필사를 시도하기도 했다. 너무 길어서 로체스터와 제인이 만나기도 전에 포기했지만. 결론적으로 나는 팬픽이 하위문화라는 걸, 팬픽을 읽는 게 교양 있는 현대인의 여가 생활이 아니라는 걸 알았다. 그래서 팬픽을 직접 쓰는 일 같은 건 생각해보지 못했다. 팬픽을 읽는 건 다른 애들도 마찬가지였지만, 쓰기 시작하면 보통의 팬과는 다른, 어둠 속의 '진성 호모녀'가 되는 거였으니까. 나는 '진성 호모녀' 같은 건 되기 싫었다. 가상의 게이들에게 너무 깊이 빠져버린 '호모녀'는 음지에서만 활동할 수 있는 존재였다. 나는 언제나 밝은 곳을 좋아했다.

J는 몇 편의 팬픽 습작을 썼지만, 그걸 인터넷에 올리지는 못했다고 했다. 나와 같은 이유 때문은 아니었다. 오히려 그 반대에 가까웠다. J는 한낱 변방의 중학생인 자신의 글이 '여신'들의 작품으로 가득 찬 팬픽 홈페이지에 올리기에 수준 떨어지는 게 아닐까 하는 고민에 시달리고 있었다.

"니는 책 많이 읽으니까, 보고 어떤지 말해줄 수 있을 것 같아서. 아, 떨린다. 누구한테 보여준 적 한 번도 없다. 별로여도 너무 솔직하게 까진 마라. 상처받는다."

상처받는다. 그런 말을 하는 J가 나를 첫 독자로 인정했다는 사실에 마음이 부풀었다. 솔직히 좋을 거라는 기대는 하지 않았지만, 무조건 좋다고 말해줄 작정이었다. 나는 J가 좋았고, 그 애에게 상처를 주고 싶지 않았으니까.

J가 쓴 팬픽의 제목은 '구원'이었다. 우울한 교회 전도사 이안과 문제아인 고등학생 진영이 만나 사랑에 빠진다. 이안은 진영에게 '신도 구원하지 못한 나를, 네가 구원했다'는 말을 남긴 채 자살한다. 그가 원했던 구원은 마침내 죽을 수 있게 되는 것이었다.

내 다짐이 무색하게 『구원』은 잘 쓴 팬픽이었다. 섬세한 심리 묘사와 음울한 분위기를 그려내는 능력이 발군이었다. 하지만 무엇보다 놀라웠던 것은 그 이야기 안에 도사린 어둠이었다. J는 늘 장난스럽고 재미있는 애였다. 이 애의 어디에서 이렇게 우울한 이야기가 솟아났는지 모르겠다고, 나는 생각했다. 가만히 그 애를 바라보며 그 애의 내면을 가늠해보았다. 감히, 그 애 안의 어둠이 궁금해졌다.

"이거 진짜 니가 쓴 거가?"

"잘 썼다는 거제?"

그런 말은 아니었지만, 그것도 사실이었다.

"어, 대박. 니 완전 여신이었네."

"니가 그렇게 말해주니까 기분 이상하네."

J는 쑥스럽게 웃었다. 살짝 보이는 덧니가 귀엽다고 생각했다.

나는 내가 『구원』을 읽었으니 너도 어서 『4월 이야기』를 읽으라고 J를 종용했고, 집에 컴퓨터가 없는 J를 위해 직접 텍스트 파일을 만들어 그 애의 핸드폰에 담아줬다. 내 기대와 다르게 J는 '몇 개의 문장이 마음에 든다'는 박한 평을 할 뿐이었다. 이 수작을 알아보지 못하다니. 나는 J에게 조금쯤 실망했다. J는 내가 쓴 것도 아닌 『4월 이야기』를 읽고 나에 대해 조금 더 알게 된 것 같다는 알쏭달쏭한 말을 했다.

"뭘 알게 됐는데?"

"이것저것."

"이것저것 뭐?"

"음… 니가 외롭다는 거?"

내가 외롭나? 잘 알 수 없었다. 나는 어른인 척 J에게 '사람은 다 외롭다'고 말했지만, 그 뜻은 이해하지 못한 채였다.

나는 J에게 팬픽 말고 다른 글도 써보라고 부추겼다. 어둠 속의 '진성 호모녀'인 J를 내가 있는 양지로 끌어올려 주고 싶었다. 교내 백일장에 나가면 상은 따놓은 당상이라고, 그럼 시 백일장, 도 백일장도 나갈 수 있을지 모르고, 그걸로 좋은 대학도 갈 수 있을지 누가 아느냐고, 꿈에 부풀어 그런 말을 했다. J는 나를 이해하지 못하겠다는 듯 물었다. 니는 꼭 뭐가 될라고 글을 쓰나?

언제부턴가 나와 J는 함께 하교하기 시작했다. J는 학교에서 멀리 떨어진 동네에 살아서, 학교에서 15분 떨어진 우리 집 앞에서 버스를 타나 학교에서 버스를 타나 집까지 걸리는 시간은 마찬가지라고 했다. 초반에는 유니버스와 팬픽 이야기를 주로 했지만, 내가 『구원』을 읽은 뒤로는 글 쓰는 이야기도 했다. 나는 소설을 써본 적이 없어서, 이야기가 어떻게 태어나는지 궁금했다. 나는 『구원』이 J의 어디에서부터 왔는지 알아보기 위해 이것저것을 물었다. 『구원』 속의 이안과 진영 캐릭터는 주변 사람들에게서 따온 것인지? 주변에 자살한 사람이 있는지? 교회를 다니는지? 사람이 사람을 구원할 수 있다고 생각하는지? 네가 생각하는 구원도 죽음인지? J는 성실히 대답을 내놓았다. 캐릭터를 만들 때 주변 사람을 똑같이 따오지는 않는다. 매번 다르지만 『구원』은 이야기를 하기 위해 캐릭터를 쓴 것이다. 반면 캐릭터를 쓰기 위해 이야기를 동원하기도 한다. 주변에 자살한 사람은 없다. 모태신앙이다. 오직 사람만이 다른 사람을 구원할 수 있다. 최종적인 형태의 구원은 결국 좋은 죽음이다.

"니 작가 될 거야?"

"아니?"

"왜?"

"몰라. 난 그냥 실업계 갈라고. 그럼 작가는 못 되는 거 아니가?"

나는 J를 설득했다. 인문계에 가서 공부를 해서 좋은 대학에 가야지! 하지만 J가 왜? 하고 묻자 받아칠 말이 없었다. 왜? 왜냐하면…… 공부를 해서 좋은 대학에 가면 돈 많이 벌고 행복하게 살 수 있을 테니까. 학생은 공부를 잘하는 게 최고니까. 최고는 좋은 거니까.

"어차피 대학은 등록금 때문에 못 간다."

나는 등록금에 대해 생각해본 적이 없었다. 사람은 으레 대학에 가는 거라고 생각했다. 대학에 가지 않는다는 선택지를 처음 자각한 순간이었다. 물론 당시의 J는 대학에 가지 않는다는 선택을 한 게 아니라 대학에 간다는 선택지를 박탈당한 것에 가까웠지만.

"대학에 못 가면… 훌륭한 사람이 못 되는 거 아닌가?"
"꼭 훌륭한 사람이 돼야 되나."
"그럼 어떤 사람이 되고 싶은데."
"글쎄. 꼭 뭐가 되고 싶어야 되나."

그때의 내게는 '되고 싶은 것'이 전부였다. 우리는 앞으로 무엇이 되고 싶으냐에 따라 분류되는 사람들이었으니까. '되고 싶은 것'이 없는 중학생이라니. 그런 애를, 그러니까 분류되지 않는 사람을 나는 처음 보았다.

중학생이 하는 모든 행동은 다 뭐가 되려고 하는 거 아닌가. 우리는 서론을 살고 있어. 나머지는 다 여분이지. 어른이 되면 사라질 것들. 나는 마음속으로 속삭였다.

4월 이야기

(1) 최초의 4월

봄볕이 따가운 날이었다. 아무런 예감도 전조도 없이, 사랑이 나에게 왔다.

열여덟의 봄. 4월생인 나는 막 주민등록증을 발급받고 실망감에 젖어 있었다. 예상과는 다르게 너무 시시했던 탓이다. 열여덟 살에만 받을 수 있는 대단한 생일선물이 될 거라고 생각했는데. 어른이 되기 위해 밟아야 할 단계들이 죄다 이만큼 시시하면 어떡하지. 나는 고민했다. 수능. 대학 입학. 첫 음주. 첫 흡연. 첫 연애. 첫 섹스. 그런 것들도 이렇게 아무 감흥 없이 지나가버리는 건가. 노랗게 익은 햇살이 커튼을 뚫고 들어왔다. 운동장의 흙먼지가 열린 창문을 타고 날아와 콧구멍을 간질였다. 나는 모래알을 쥔 어린애처럼 아침자습시간을 흘려보냈다. 인생이 이렇게 시시해도 되는 건가. 오늘도 내내 졸겠군, 그런 생각을 했다.

그때,

"전학생이 왔다. 자기소개는 직접 할래?"

"일산에서 온 이호수라고 합니다. 잘 부탁합니다."

"괴롭히지 말고 잘해줘라."

이호수가 내 인생에 풍덩 뛰어들었다. 태평했던 내 걱정을 비웃기라도 하는 듯, 평생에 걸쳐 흔적을 남길, 나의 첫⋯⋯

쏟아질 것같이 그렁그렁한 눈. 목탄으로 그린 것 같은 짙은 눈썹. 하얗고 매끈한 이마. 시원스레 뻗은 콧대. 앞 광대가 톡 튀어나와 광대와 코 사이가 도톰했다. 인중이 깊었고, 푸른 기가 도는 입술은 도톰했고, 통통한 볼살 아래 턱선은 의외로 진하게 각이 져 있었다. 하나씩 떼어놓고 봐도 인상적인 이목구비. 그러나 한데 모아놓으니 왠지 백지 같은 구석이 있었다. 무엇이든 될 수 있을 것 같은 얼굴. 묵은 갈증을 해소하는 샘물 같은 얼굴. 하지만 녀석이 그런 얼굴을 하고 있지 않았어도, 아니 아니 어쩌면, 그 애가 꼭 그런 얼굴을 하고 있었기 때문에⋯ 이미 내가 확신할 수 있는 건 녀석을 사랑하게 될 거라는 사실뿐이었다.

이럴 수가 있나? 벼락같은 사랑의 예감에 나는 작게 몸서리쳤다. 쑥스러운 듯 눈을 내리깔고 말하면서도 머뭇대지 않는 낮은 목소리가 앳된 얼굴과는 완전히 상반되는 분위기를 자아냈다. 나는 눈을 들어 녀석을 훔쳐보았다. 착각인가 싶을 만큼 짧게 눈이 마주쳤다.

어어, 태어나길 잘했다. 나도 모르게 그런 생각을 해버렸다. 어쩌면 최초의 4월.

이호수가 내 짝이 되는 것 같은 요행은 일어나지 않았다. 나는 운이 좋은 사람이 아니니까. 하지만 권이안이 쉽게 포기하는 종자냐 하면, 그것도 아니지. 적극적으로 이호수를 유혹할 작정은 아니었다. 같은 사내애를 어떻게 유혹하는지도 몰랐고 그럴 깜냥도 없었다. 이호수가 나와 같은 마음으로 날 좋아할 일은 없을 거라는 걸 알았다. 사실 내 마음이 뭔지도 정확히 몰랐다. 무작정 녀석의 옆에 있고 싶었고, 그건 어려운 일이 아니었으니까. 지금까지 내가 웃으며 다가갔을 때 나를 거부하는 사람은 없었다. 말 없는 전학생에게 손을 내미는 건 의심을 살 일이 아니었다. 오히려 내게 기대되는 역할에 가까웠다.

안녕, 너 눈 진짜 크다. 그런 말을 건넸던가. 심장이 입으로 튀어나올 것 같아서 어금니를 꽉 깨물었다. 빠드득거리는 봄볕이 뒤통수를 갈겼다. 이호수는 그 큰 눈으로 나를 빤히 바라보았다. 미간을 살짝 찌푸리기까지 했다. 기분 나쁠 소리는 아니었던 것 같은데, 기분이 상했나? 안녕, 대신 반했어, 라고 말해버렸나? 나는 질주하는 상상에 제동을 걸고 애써 여유로운 표정으로 웃어 보였다. 웃는 게 예쁘다는 말을 많이 들었으니까. 밥 먹고 같이 축구할래?

이호수는 여전히 뚫어져라 나를 보기만 했다. 그러다 결국 아니, 하고 대수롭지 않게 거절했다. 심장이 지끈거렸다. 그래도 같이 하자고 해줘서 고맙다. 그 말엔 어떻게 반응해야 할지 몰라 나는 모자란 새끼처럼 어… 하고 섰다. 그 후로도 이호수는 종종 나를 모자란 새끼로 만들었다.

후에 알게 된 사실이지만 이호수는 운동을 싫어했다. 땀이 나는 걸 싫어해서 누가 가까이 붙는 것도 질색했다. 그래서인가. 그 애에게선 열여덟 살 남자애 몸에서 날 법한 몸 냄새 대신 막 꺾은 풀 냄새 같은 게 났다. 야, 너한테서 좋은 냄새 난다. 내가 괜히 킁킁대며 장난스레 목덜미에 코를 파묻을 때면 이호수는 그런가? 근데 붙지 마. 하고 나를 밀어냈다. 언제나 무심한 반응. 그럴 때마다 갈비

뼈 안쪽이 찌르르 아팠다. 그러다가도 의외의 순간에 다정했다. 급식에 내가 싫어하는 반찬이 나오면 별말도 없이 대신 먹어줬다. 길치인 내가 길을 잃어버리면 부드럽게 어깨를 잡아 돌려세웠다. 그럴 때면 미칠 것 같았다. 그 애의 무심함과 다정함 중 무엇이 더 내 마음을 아프게 하는지 알 수 없었다.

이호수의 호오. 운동을 싫어했고, 공부하는 걸 즐기지 않았지만 그렇다고 안 하지는 않았다. 국어는 좋아했다. 그 애의 호의에는 받는 사람을 감지덕지하게 만드는 힘이 있어서, 녀석이 국어 시간을 좋아하니까 국어 선생도 녀석을 좋아했다. 그녀는 '국어 반장'이라는 얼토당토않은 보직을 만들어 국어 시간마다 그 애에게 시며 소설을 읽게 했다. 나는 이호수에게 평균 이상의 호감을 가진 모든 사람을 싫어했지만, 특히 예쁘고 젊은 여선생은 더 싫었지만, 낮고 둥그마한 목소리로 잘 정돈된 문장을 뱉는 그 애의 목소리를 한 시간 내내 감상할 수 있게 해주는 건 고마웠다.

이호수는 몸집이 작고 눈이 동그랬지만 과묵하고 진지해서 함부로 귀여워하기 어려웠다. 그래도 귀여운 건 귀여운 거였지만, 그 애는 귀엽다는 말을 싫어했다. 잘생겼다는 말도 좋아하지 않았다. 목소리가 좋다고 하면 쑥스러워했다. 침묵을 잘 견디지 못하는 나와는 달리, 꼭 필요할 때가 아니면 입을 열지 않았다. 시끄러운 걸 싫어했다. 복잡한 걸 싫어했다. 더러운 걸 싫어했다. 남들 다 보는 앞에서 옷 벗는 걸 싫어했다. 함부로 몸을 만지는 걸 싫어했다. 초면에 반말하는 어른을 싫어했다. 싫어하는 게 그렇게 많은데 대놓고 싫다는 말은 잘 하지 않아서 그 애를 잘 모르는 사람에게는 무던하다는 말을 들었다.

점심시간에 축구를 하다가 교실을 올려다보면 창가에 앉아 우릴 구경하는 이호수가 보였다. 나부끼는 먼지투성이의 커튼 너머에 그 애의 깊은 눈동자가 있었다. 눈이 마주치기엔 너무 먼 거리였지만, 한 번씩 시선이 부딪치는 것 같은 착각이 들 때가 있었고, 그럴 때마다 나는 발바닥이 미끄러워져 그만 공을 놓쳤다. 땀에 젖은 채 수돗가에서 대충 등목을 하고 교실로 올라가면 이호수는 그날의 경기에 대한 촌평을 내놓고 집에서 얼려 온 보리차를 내밀었다. 너는 잘하다가 이상한 타이밍에 공 놓치더라. 집중을 해. 나는 이가 시리게 차가운 보리차를 마시며 창가에 있는 너를 보느라 머릿속이 엉망진창이 되어버렸다는 말을 삼키려고 애썼다. 눌러 삼킨 마음 때문에 내 명치는 항상 더부룩했다. 녀석이 내게 보여주는 산들바람 같은 관심에도 내 온몸은 휘청거렸다. 이유 없이는 잘 웃지 않는 녀석이 웃기지도 않은 내 농담에 온 얼굴을 일그러뜨리며 웃었을 때, 노래방을 싫어하는 녀석이 내가 조르자 어쩔 수 없다는 듯 따라왔을 때, 음향이 엉망인 노래방에서 긴 속눈썹을 보이며 눈을 감고 내 노래를 듣다가 너 노래 잘한다, 고 말해주었을 때, 나는 주저앉아 울고 싶었다.

(2) 기어이, 또는 마침내

이호수와 나는 3학년에도 같은 반이 됐다. 올해 대학은 못 가겠군. 나는 일찌감치 재수할 마음의 준비를 했다. 또 넋 놓고 이호수 얼굴이나 감상하다가 일 년이 가겠구나. 이호수의 얼굴은 보면 볼수록 신기하고 알면 알수록 황홀했다. 좀 익숙해졌나 싶다가도, 모르던 표정을 발견하면 다시 처음처럼 마음이 무너져 내렸다. 제방을 쌓아도 폭우에 넘쳐흐르고야 마는 강처럼. 인간이 자연을 대비할 수 없듯이, 나는 녀석의 일거수일투족에 무방비했다.

이호수를 '국어 반장' 삼았던 국어 선생은 우리와 함께 학년을 올라와 올해는 3학년 국어를 맡았다. 그녀가 이호수를 편애한다는 사실은 비밀도 아니었지만 이제는 빼도 박도 못할 진실이 됐다. 숨길 생각도 없는 것 같았다. 시커먼 남고에서 제일 젊은 여선생. 제일 예쁜 여선생. 그런 사람이 어떤 말로 표현되는지는 나도 잘 알았고, 그게 얼마나 역겨운지도 대충은 알았기 때문에, 나는 차라리 그녀를 불쌍하게 여겼다. 이호수와 국어 선생을 두고 온갖 더러운 농담이 오갈 때 거기 가담하지 않았다. 처음엔 국어 선생에 대한 예의였지만 갈수록 어떤 결벽 같은 게 되어갔다. 그게 사실이라면? 그녀는 내 연적이 되는 건데, 나는 정정당당하고 싶었다. 싸워서 이기지는 못하더라도, 깨끗한 패자이고 싶었다. 내가 대단히 고상한 인물이어서가 아니었다. 그 애 앞에서 결백하고 싶었다. 녀석에 관해서라면 나는 완벽주의자가 되어버렸으니까. 단호한 그 애가 나를 경멸하게 된다면, 살 수 없을 것 같았으니까.

그렇다고 해서 하루가 멀다 하고 이호수를 교무실로 불러내는 국어 선생의 행태가 달가운 것은 아니었다. 귀찮아하는 기색도 없이 부르면 나가는 이호수도 마찬가지. 애들이 둘의 사이를 추궁할 때마다 이호수는 별다른 해명도 없이 아니야 그런 거, 로 일축했다. 뭐 원래가 구구절절 변명하는 타입도 아니지만… 나도 알고 있다. 내가 이호수의 '아니야 그런 거'를 너무 믿고 싶다는 거. 앞으로 쭉, 성의 없이라도 부정해줬으면. 나는 모르고 싶었다.

아니, 거짓말이다. 나는 알고 싶었다. 이호수의 모든 게 낱낱이 알고 싶었다. 그 애의 머리끝부터 발끝까지 샅샅이 뒤지고 싶었다. 그렇게 뒤져도 나오는 게 없기를 바랐다. 그 애도 내 앞에서 결백하기를, 열없이 바랐다.

올해 내 생일은 월요일이어서, 친구 녀석들과는 일요일 오후에 모여 놀기로 했다. 그래봤자 갈 데는 뻔했다. 노래방, 피씨방. 그리고 한강에 가서 노닥거리다 자정에 내 생일을 축하하자는 계획이었다.

그런데 시작부터 어그러졌다. 이호수가 늦었다. 조금 서운했지만, 늦은 건 괜찮았다. 나머지 우리끼리 피씨방에서 게임을 좀 하면서 이호수를 기다렸다. 두 시간이나 늦은 녀석은 영락없이 데이트 나가는 남자의 차림새를 하고 있었다. 연한 하늘색 셔츠에 블랙진, 회색 재킷. 교복이 아닌 셔츠를 입은 모습은 처음이었다. 누군가의 근사한 남자친구 같은 모습. 수상한데, 이호수. 여자 생겼냐? 얼빠진 놈들이 와글와글 떠들 때까지만 해도 평정심을 유지할 수 있었다. 그래, 그럴 수 있지. 이호수의 매력이 나한테만 보이는 건 아닐 테니까. 각오했던 바였다.

"오, 이호수, 설마 국어 만나고 오냐?"

"아니 뭐. 그냥."

"쌔끼 이젠 부정도 안 하네? 얌전한 고양이 부뚜막에 먼저 올라간다더니 이호수가 국어를…… 몇 살 차이냐. 일곱 살이지? 쩐다, 쩔어."

"아, 그런 거 아니라고."

"아니긴 뭐가 아니야. 씨발 부럽다. 역시 잘생기고 봐야 돼."

"맘대로 생각해라."

그 말이 왜 그렇게 미웠는지 모르겠다. 내 생일인데. 꼭 오늘이어야 했나. 일요일에까지 만나는 사이인가. 정말… 애들 말처럼……

"네가 허락 안 해줘도 다들 존나 맘대로 생각하고 있어. 좋냐?"

"오, 이안이 정색한다. 이게 웬일."

"너는 이 새끼들이 국어에 대해서 무슨 말 하는지나 아냐? 국어한테 미안하지도 않냐?"

"야야, 권이안. 왜 화를 내고 지랄인데."

애들이 당황해서 나를 말렸다.

"그런 거 아니라고 했잖아. 무슨 말을 더 할까."

"그럼 대체 왜… 됐다. 미안. 내가 예민했다. 신경 쓰지 마."

오. 새로운 국면. 권이안이 국어 좋아하나 본데. 한심한 놈들이 요란하게 헛다리를 짚었다. 이호수는 심각한 표정으로 나를 쳐다봤다. 그래? 진짜야? 나를 제 연적 보듯이 하는 이호수가 미워서 한 대 때려주고 싶을 지경이었다. 진짜는 뭐가 진짜냐면, 널 향한 내 순정이 진짜다. 이걸 어떡해. 이 마음을 다 어쩌면 좋아. 분한 마음에 눈물이 차올랐지만 여기서 울어버리면 되돌릴 수 없이 망할 게 분명했다. 아니라고, 씨발. 나는 짓씹듯 뱉어 놓고 황급히 자리를 떴다. 무슨 오해를 사든 일단은 녀석을 피해 달아나야 했다. 우는 모습을 보이기는 죽기보다 싫었으니까. 누가 쫓아올세라 온몸의 힘을 짜내 달음박질쳤다. 따지고 보면 이호수가 나한테 잘못한 건 아무것도 없는데. 그 애가 너무 미웠다. 패라면 팰 수도 있을 만큼. 발로 밟으라면 밟아줄 수도 있을 만큼. 녀석을 피떡이 되게 패고, 피떡이 된 녀석을 온몸으로 껴안고 싶었다. 정상이 아니었다. 임계점을 넘고 있었다.

그만둬야겠다, 고 생각했다.

시내를 정처 없이 방황하다가 밤 열 시쯤 집에 들어와

씻지도 않은 채 침대에 누웠다. 속절없이 눈물이 났다. 이제 어떡하지. 나 어떡하지. 어쩌다 이런 사랑에 빠져버려서…….

도저히 잠이 올 것 같지 않아 쓰레기봉투를 챙겨서 그 핑계로 다시 집 밖으로 나갔다. 쓰레기를 버리고 아파트 단지를 떠돌았다. 그러다 놀이터에서 이호수를 발견했다. 녀석은 쇼핑백을 하나 들고 그네에 앉아 있었다. 내 눈을 의심했다. 볼품없이 움츠러든 어깨가 틀림없이 이호수였다. 어깨 좀 펴라니까. 꼴 보기 싫은데, 너무 좋았다. 나는 일부러 발소리를 크게 내며 녀석에게 다가갔다. 이호수가 고개를 들었다. 놀라는 것 같지도 않았다. 백지 같은 얼굴. 무엇이든 될 수 있을 것 같은 얼굴. 그래서 무엇도 읽어낼 수가 없었다. 나는 중얼거리기 시작했다. 긴장하면 쓸데없이 말이 많아졌다.

"야, 아까는 미안했다. 내가 예민했어. 애들 개소리 하는 거 듣기 싫어가지고… 나 국어 안 좋아해. 그것 땜에 여기까지 올 필요 없는데."

이호수는 말이 없었다. 나는 침묵을 메우려고 마음에

도 없는 소리들을 장황하게도 늘어놓았다.

"너 국어 많이 좋아하는구나. 와. 짱이다. 부럽다. 씨
발. 나는 언제 여친 만드냐. 근데 선생이랑 학생은 좀 부
도덕한 거 아니냐? 아니다, 미안. 내가 상관할 일 아니지.
야. 행복해라."

"…여친 만들고 싶어?"

"어? 어, 그렇지. 그럼 안 만들고 싶겠냐."

이호수는 고개를 떨어뜨렸다. 뭘 되게 잘못한 사람처
럼. 나는 안절부절못했다. 누가 내 뒷목이라도 쳐서 기절
시켜 줬으면 했다. 설마, 설마. 목구멍을 타고 오르는 기대
감을 꼴깍꼴깍 삼켰다. 아니야. 아닐 거야.

"이안아, 미안하다."

"…아니, 내가 미안하다니까. 괜찮다고. 내가 예민했다
고."

"나, 너 좋아해."

아…….

나는 운이 좋은 사람이 아니었고, 내내 그게 불만이었다. 좋아해, 이호수가 그렇게 말한 순간 깨달았다. 그건 평생의 운을 여기에 다 써버렸기 때문이라는 걸. 그 애가 나를 좋아한다. 나를 좋아해서 고개를 떨어뜨리고 목소리를 떤다. 있을 수 없는 일. 그런데 그런 일이 생겼다. 세상에 이런 일이. 60억 인구 중에 하필 우리 엄마와 아빠가 만나, 하필 나 권이안이, 하필 4월 3일에 태어날 확률. 그것보다 희박해 보였던, 내가 첫눈에 반한 그 애가 나를 좋아하는 일. 일생일대의 사건. 역시 태어나길 잘했지. 나는 눈을 감고 떨고 있는 이호수의 양 볼을 감쌌다. 목이 메어 말이 잘 나오지 않았다. 나도, 나도 그래.

1.

새벽에는 팬픽을 쓰지 않으려고 한다. 해가 떠 있을 때, 감수성에 젖어 있지 않을 때, 머리 잘 굴러갈 때, 눈 똑바로 뜨고 허리 펴고 맨 정신으로 쓴다. 겨우 팬픽 나부랭이나 쓰면서 이러는 게 우습다고 할 수도 있겠지만, 알아주는 사람이 없어도 나는 내 글에 진심이니까. 최대한 계획한 대로 쓰려고 하는데 어쩔 수 없이 글이 알아서 글을 쓰는 시점이 있다. 그럴 땐 그냥 둔다. 『4월 이야기』속 이안과 호수의 대화는 대부분 그런 식으로 썼다. 나중에 보면 거의 다 잘라내야 할 부분들이지만 쓸 때만은 날아갈 것같이 기분이 좋다. 쓰는 것보다 잘라내는 게 어려운데, 그걸 잘 못해서 번번이 구려진다. 잘라낸 부분에 미련을 갖지 않는 게 중요하다. 팬픽 올릴 땐 사족도 안 붙인다. 피곤한 결벽이래도 좋다. 그런 거라도 있어야지.

일기는 그렇게 쓰지 않아도 돼서 좋다. 써지는 대로 쓴다. 퇴고하지 않은 글을 아무에게나 보여주기는 부끄러워서 회원공개로 해둔 것도 있다. 사실 그럴 거면 아무도 안 보는 일기장에 나 혼자 쓰면 되는데 굳이 이런 공간에 쓴다는 것도 웃기지만. 결국 나는 이 일기를 새벽에 취한 채로 쓰고 있다는 말을 하고 있다. 아주 취하지는 않았고 맥주 한 병을 마셨는데 좋아하는 친구랑 마셔서 한 병 반 어치 취했다. 친구를 버스 태워 보내고 집으로 걸어오면서 울었다. 친구를 만났을 때 즐거울수록 집에 돌아오는 길에는 더 많이 울게 된다.

2. ✦

얼마 전 다잉님이 건네주신 인사말 덕에 내가 왜 팬픽을 쓰는지에 대해 생각을 좀 정리할 기회가 생겼다. 나는 레즈비언이고, 행복해지고 싶다. 그 욕망에 대해 쓰고 싶다. 이런 식의 글이 가장 많은 독자들에게 당연한 것으로 받아들여질 수 있는 장르는, 역시 팬픽이다. 물론 가방끈 짧은 내가 쓰고 공유할 수 있는 글의 형태가 한정적이라는 사실도 무시할 수 없지만. 무엇보다 팬픽을 쓰면 나는 변명하지 않아도 된다. 그저 사랑에 대해 쓰면 된다. 개연성 같은 거 없이. 사회적 함의 같은 거 없이. 팬픽 속의 세계는 오직 사랑을 축으로 움직이고 나는 그거면 충분하다. 현실의 사랑은 현실의 벽 앞에 무너지지만, 팬픽 속의 사랑은, 적어도 내가 쓴 팬픽 속의 사랑은 오로지 사랑에 의해 무너진다. 일종의 사고실험 같은 거랄까. 진공상태에서 사랑이 태어나고 죽는 과정을 그릴 수 있다는 게 팬픽 쓰기의 가장 멋진 점이다. 그래서 나는 호모포비아를 주요한 장애물로 써먹지 않는다. 그건 내게 너무 지긋지긋한 현실이다.

3.

그런 의미에서 『4월 이야기』를 어떤 방향으로 끌고 가야 할지 전혀 모르겠다. 는 것이 최근의 가장 큰 고민이다. 『4월 이야기』는 D가 떠나고 나서 그녀를 이해해보기 위해 쓰기 시작한 글이다. 그래서 이 이야기는 죽은 내 사랑에 대한 추모이면서 일종의 오기다. 내게 벌어진 사건을 소화하고 나서야 그걸 완전히 다른 이야기로 극화할 수 있다고 믿는데, 『4월 이야기』는 이별을 소화하는 과정에서 쓰기 시작했고 그래서 더 못 쓰고 막혀 있다. 끝내 해피엔딩으로 만들고야 말겠다는 마음으로 쓰기 시작했으면서 이게 해피엔딩으로 끝날 수 있다는 사실을 믿지 못하고 있으니까, 쓸 수가 없다. 해피엔딩이란 건 지속 가능해야 의미가 있는 거고. 어떤 식으로든 호이를 성장시켜야 하는데. 그리고 그건 온전히 이안과 호수의 선택이어야만 하는데! 그게 어떤 방향이어야 하는지. 『4월 이야기』 속 호이의 해피엔딩이 퇴행이 아닐 수 있을지. 쓰는 내가 그걸 못 믿고 있다. 실제 호이는 이렇게나 사랑하고 있는데. 팬픽이 현실을 못 이긴다. 호모렌즈 빼고 봐도 본체들의 사랑이 훨씬 굳건하다고…… 호이는 레알이라고…….

4.

살아야 된다는 생각을 자주 한다. 웃기지. 나는 살아 있으니까, 살아 있는 상태에 적응할 때도 됐는데. 살 이유를 찾지 못하면 더 이상 살 수 없을 것만 같다. 눈을 크게 뜨고 살아야 할 이유를 샅샅이 찾으면서 살고 있다. 이를테면 호이가 결혼할 때까진 살아 있어야지. 등나무꽃이 필 때까진 살아 있어야지. 엘리자베스 보웬 소설이 번역될 때까지는 살아 있어야지. 뭐 그런 생각. 산다기보단 죽음을 유예하는 것일지도 모르지만, 어쨌든 어떻게든 사는 게 중요하다.

사람 때문에 살고 싶지는 않다. 그러면 너무 괴로우니까. 사람을 좋아하면 결국 마음이 아프다. 내가 사랑한 사람은 모두 나를 떠났다.

◇　　　여신님, 안녕하세요. 변태처럼 여신님의 일기를 죄다 읽고 말았습니다. '써지는 대로' 쓰신 글도 너무너무 좋은걸요. 4월 30일 일기에 제가 등장해서 심장이 내려앉는 줄 알았어요. 엄마나 계 탓어! 길지 않은 제 인생에서 이뤄낸 가장 큰 업적. 바로 여신님의 일기에 등장한 것입니다.

사랑 이외의 변수를 모두 소거한 진공상태, 저도 그것을 보기 위해 팬픽을 읽는 것 같아요. 말씀드렸다시피 제 삶에는 아무것도 없거든요. 팬픽을 읽으면서 사랑을 상상할 때만은 그렇지 않은 것 같은 기분이 들어서, 그게 참 좋습니다.

4편에서 이안이 **가장 좋은 순간에 죽어버리고 싶은 마음. 호수야. 너는 이런 마음을 아니. 기뻐도 슬프고 슬퍼도 기쁜 마음.** 이라고 말하잖아요. 저는 사랑을 모르지만, 그 마음이 뭔지는 좀 알 것 같아요. **친구를 만났을 때 즐거울수록 집에 돌아오는 길에는 더 많이 울게 된다.** 는 마음도 뭔지 알 것 같아요. 말로 설명하기는 좀 어려워요. 언젠가 말로 설명할 수 있을 정도로 그 감정을 이해하게 될까요.

『4월 이야기』가 실제로 벌어진 일을 바탕으로 쓴 것인데 사건도 인물도 모두 허구라는 게 신기해요. 그게 되는지 궁금해요. 여신

Chapter 1. 봄

님과 D님의 자리에 이안과 호수를 끼워 넣은 게 아니라는 말씀이시잖아요. 두 사랑 이야기가 어떤 면에서 닮아 있는 건가요? 너무 개인적인 질문이었으면 죄송합니다. 답해주지 않으셔도 좋아요.

....

↳ ◆ 　다잉님, 정성 가득한 인사말에 이어 이렇게 방명록까지 남겨주셔서 감사해요. 다잉님도 모든 감정을 결국 슬픔으로 환원시키는 분이신 것 같아서 (또) 슬프네요. 유독 슬픔을 예민하게 감지하는 사람들이 있는 것 같습니다. 그런 사람들은 대개 외로운데, 다잉님도 외로우신가요?

이전 일기들을 읽으셨다면, 아마 이미 저와 D의 이야기가 『4월 이야기』와는 많이 다르다는 사실을 아시겠지요. 저는 인물에게서 서사를 뽑아내는 스타일이라 (제가 맘대로 해석한) 실제 호이의 관계성에서 착안해 『4월 이야기』를 썼어요. 권이안에게는 이호수가 필요하고, 호수에게는 이안이가 필요하지 않다는 것. 그러니까 권이안은 이호수를 사랑하지 않고는 완전할 수 없고 이호수의 사랑은 백 퍼센트 이호수의 의지라는 것. 하지만 그 의지는 이안이의 필요보다 강하다는 것. 그게 제가 생각하는 호이의 사랑입니다. 이런 관계성을 기초로 해서, 저와 D의 사랑과 이별 자체가 아니라 그 과정에서 느낀 어떤 심상이 『4월 이야기』의 모티프가 되었어요.

말씀해주셨다시피 팬픽은 실제의 사랑을 진공상태에 넣어서 만드는 것이니까요. 충분한 설명이 되지 못한 것 같아서 (또!) 슬픕니다. 어떤 사람이 다른 사람에게 완전히 기울어졌을 때 보지 못하는 것들. 그것을 찾아보려는 과정에서 나온 글인 것 같습니다. 써놓고 나니 다 헛소리처럼 들리네요.

그나저나 저는 인간이 할 수 있는 가장 로맨틱한 행위 중 하나가 오직 상대에게만 읽히기 위한 글을 쓰는 것이라고 생각하기 때문에, 이렇게 저만 읽는 방명록을 작성해주시는 분들께는 항상 고백을 받는 기분입니다. 지나친 자의식일까요. 여하튼 저는 그렇게 받아들이고 있으니까요, 너무 감사합니다.

Chapter 2

여름

5월쯤 되자 J와 나는 무척 친해졌다. 그냥 친한 게 아니라, 떼려야 뗄 수 없는 사이가 됐다. 나는 누구와도 그런 식으로 친해본 적이 없었다. 언제부터인지 정확히 짚어낼 수 없지만 우리는 서로의 몸을 낯설게 여기지 않게 됐다. 나는 복도에서 J의 허벅지를 베고 누웠고, 겹쳐져 엎치락뒤치락 몸싸움을 했다. J와 살갗을 맞부딪치는 건 즐겁고 자연스러웠다. 피부에 유분이 많아 노릇노릇한 냄새가 나는 J의 정수리에 코를 박고 있으면 마음이 편안해졌다. 음험한 욕망 같은 건 없었다.

그런데도 학교에는 'J와 주다인이 사귄다'는 소문이 돌기 시작했다. 나는 놀랐다. 어떻게 그런 생각을 하지. 나와 J는 유니버스로 엮인 사이였다. 남자를 좋아하느라 친해졌는데 어떻게 레즈비언이라는 생각을 하지. 나는 남자를 좋아했고, 그래야 맞았고, J는 알면 알수록 남자 같지 않았다. 그렇게 글을 잘 쓰고, 그렇게 고독을 이해하며, 그렇게 낭만을 아는 남자는, 적어도 팬픽 밖의 세상에는, 없었다. 나는 그 소문이 너무나 터무니없다고 생각했기 때문에 웃어넘겼다. 복도에서 J와 껴안고 있을 때, 지나가던 애가 "아, 진짜 더러워. 난 저런 애들 진짜 더러워."라고 했을 때도, 급식을 먹고 교실로 돌아가던 길에 J가 내 뺨에 입을 맞추자 지나가던 선생님이 뭐 하는 짓이냐고 혼을 냈을 때도.

사람들이 나와 J의 사이에 대해 수군댈 때마다, 나는 J에게 "니가 남자 같나 봐!" 아니면 "그러니까 왤케 남자처럼 하고 다니노!" 하며 웃었다. J는 그 일을 나만큼 웃겨 하지 않는 것 같았다. 하루는 급식 줄에서 너무 덥다고 성질을 내는 나에게 J가 입을 맞췄다. "이제 좀 낫제?" 나는 '앙탈수'답게 "뭐 하노!" 하고 J를 밀쳤지만 비실비실 새어 나오는 웃음을 막지 못했다. 그때 여자 반보다 급식을 먼저 먹는 남자 반 애들이 지나가며 "우― 커플―" 하고 야유했다. 나는 억울함에 발을 쾅쾅 구르며 "애 여자라고! 우리 커플 아니다!" 하고 소리를 질렀다. J는 그날 밥을 먹는 속도가 느린 나를 기다려주지 않고 먼저 떠났다. 급식실에서 혼자 밥을 먹는 사람은 내가 유일했기 때문에, 별수 없이 버려진 기분이 들었다. 교실에 돌아갔더니 J는 싸늘하게 굴었지만, 6교시 수업이 끝나자 아무 일 없었다는 듯 내 하굣길에 동행했다.

그 이후로도 J는 한 번씩 밥을 먹는 중인 나를 혼자 두고 급식실을 빠져나갔다. 나는 왠지 그 일에 대해 따지지 못했다. 그럴 때 내가 느끼는 일말의 비참함 같은 것을 인정하고 싶지 않았기 때문이었을 것이다. J는 그렇게 나를 버려뒀다가도 다시 입을 맞추고 장난을 걸어왔고, 나는 번번이 J의 장단에 맞췄다. J가 화가 난 건지 아닌지 헷갈렸다. 우리의 우정은 이렇게 생겨 먹었나 보다. 나는 결론지었다. 아무렇지 않게 입을 맞추고, 껴안고 굴러다니고, 밥을 다 먹으면 상대방을 남겨놓고 급식실을 떠나도 되는, 그런 모양의 우정도 있는 거라고 생각했다.

하루는 어김없이 급식실에 혼자 남겨진 내가 밥을 먹고 돌아왔을 때 교실에 다른 반 애 하나가 와 있었다. 2반 조영은이었다. 조영은은 몸집이 작고 마른 아이였는데, J처럼 머리를 짧게 자르고 남자 교복을 입고 다녀서 발이 좁은 내게도 익숙한 얼굴이었다. '그런 부류'는 많지 않았으니까. 나는 조영은에게 짧은 머리와 남자 교복이 어울리지 않는다고 생각했다. 그런 건 J나 소화하는 거지.

J와 조영은은 교실 구석에서 뭔가 심각한 이야기 중이었다. 나는 둘의 눈치를 보며 자리에 앉아 책을 집어 들었다. 책을 읽는 척했지만, 사실은 두 사람의 이야기에 귀를 기울이고 있었다. 둘은 점점 구석으로 들어가더니 급기야 TV장 뒤로 숨어들었다. 조영은은 화를 내는 것 같았고, J의 목소리는 잘 들리지 않았다. 조영은은 5교시 종이 치고 나서야 못내 씩씩거리며 자기 반으로 돌아갔다. 얼굴에 눈물 자국이 선명했다. 나는 그 일에 대해 한참 생각하다가, 결국 집에 가는 길에 J에게 물었다.

"무슨 일인데?"

"뭐가?"

"오늘 조영은 우리 반에 온 거. 우는 것 같던데."

"아, 별일 아니다."

"별일 아닌데 걔는 왜 우노."

"걔가 원래 그렇다."

"원래 그런 게 뭔데."

"그냥, 좀 이상하다."

J가 조영은에 대해 길게 이야기하고 싶어 하지 않는 것 같았기 때문에, 나는 다음 날 등교해 반 애들에게서 이야기들을 주워 모았다. 조영은과 J는 2학년 때 같은 반이었고, 둘은 어울려 다녔다. 지금 너네처럼. 이야기를 해주던 애가 말했다. 무슨 일이 있었는지 모르지만 J와 조영은은 멀어졌고, 그 애는 그걸 잘 받아들이지 못하고 있는 것 같았다. 나도 2학년 때 친했던 친구들과 멀어진 적이 있지만 그렇다고 아직까지 그 애들을 찾아가 울며불며 점심시간 내내 말다툼을 하지는 않는데. 나는 두 사람이 얼마나 친했을지, 지금의 J와 나보다 친했을지 궁금했다. 조영은은 J보다 몸집이 작으니 지금 J와 내가 하는 모든 행동을 그 둘이 그대로 하면 그림이 더 괜찮을 것 같았다. 아무래도 '공'보단 '수'가 몸집이 작은 게 정석이니까. 그런 생각을 하자 조금 쓸쓸해졌다.

기말고사가 끝나고 방학이 가까워질 무렵이었다. 교사들도 학생들도 마음이 붕 떠서 방학식만을 기다리며 무더운 시간을 하릴없이 흘려보냈다. 교실에서는 먼지와 땀과 습기 찬 나무 바닥 냄새가 났다. 창가에 붙은 선풍기가 탈탈거리며 돌아갔다. J는 여자 하복을 입었다. 춘추복과 동복은 괜찮은데 하복은 남자 걸 못 입게 하는 근본 없는 교칙 때문이었다. 치마를 입고 어기적어기적 걷는 J의 모습은 어색하고 웃겼다. 그래서 그 애는 등하교 때만 교복을 입었고, 학교에선 내내 체육복 차림이었다. 치마를 입은 J와 하교하면 나도 모르게 그 애의 다리를 흘끔거리게 됐다. 축구 선수처럼 단단한 J의 다리. J는 '코끼리 다리'라며 싫어했지만, 나는 그 다리 위에 올라앉았을 때의 감촉이 좋았다. 몸에 털이 거의 없는 나와는 달리 다리털이 굵어서 종아리를 쓸면 오돌토돌한 다리털이 느껴지는 것도 재미있었다.

그즈음 나는 처음으로 교칙을 위반했다. 점심시간에 담을 넘어 학교를 나가 급식 대신 이삭토스트를 사 먹은 거였다. 파격적인 일탈처럼 느껴졌지만, J는 첫째, 방학식 직전이라 선생님들도 별 신경을 안 쓰는 분위기이며, 둘째, 다른 애들도 다 그렇게 하고, 셋째, 급식에 내가 싫어하는 미역줄기가 나온다는 근거를 대며 나를 설득했다. 나는 불안한 마음으로 J와 담장을 넘었다. J가 먼저 담을 넘고 밑에서 나를 잡아주었다. 다른 애들도 다 그런다는 J의 말은 허풍이 아니었는지 이삭토스트는 우리 학교 학생들로 바글바글했다. 나는 어쩐지 마음이 놓여 여유롭게 마가린 향이 듬뿍 풍기는 토스트를 음미했다. 내친김에 조금 더 걸어 편의점에서 아이스크림까지 사 먹었다. 나는 빠삐코, J는 더위사냥을 먹었다. 나는 빠삐코의 꼭지를 J에게 줬고, J는 인심 좋게 자기 더위사냥의 반절을 나한테 넘겼다. 교칙을 어기는 일이 이렇게 즐거울 수 있다니. J와 힘을 모아 규칙을 깨자 나는 균열이 난 규칙을 조금 더 자세히 들여다보기 시작했다. 왜 J는 남자 하복을 입으면 안 되는 거지? 애초에 왜 여자 교복은 치마뿐이지? 처음으로 교칙을 의심했다. 우리는 그 이후로도 종종 함께 담을 넘었다. 편의점에 가서 삼각김밥과 라면을 먹기도 하고, 이삭토스트에서 토스트를 먹기도 했다.

어느 날의 하굣길에 J는 새 팬픽을 쓰기 시작했다고 말했다.

"이번엔 호이 써볼라고."

"진권이 아니라? 왜?"

"그냥, 니가 좋아하니까."

　나는 왠지 민망해져 팔꿈치를 벅벅 긁었다. 우리는 배낭을 달랑거리며 주공아파트를 지나 트럭에서 떡볶이를 사먹고 J가 쓸 팬픽의 줄거리에 대해 이야기했다. 그렇잖아도 더운 날씨에 매운 떡볶이까지 먹으니까 땀이 줄줄 났다. J의 인중에 땀방울이 수염처럼 맺혔다.

　J가 구상 중인 팬픽의 제목은 '피아노 치는 남자'였다. 이야기 속 호수와 이안은 사이가 데면데면한 동급생이다. 호수는 어떤 계기로—이 부분에 대해서는 아직 생각 중이라고 했다— 피아노를 배워야겠다고 다짐하게 되는데, 밴드부 키보드인 이안이 적임자로 떠오른다. 호수는 이안에게 피아노를 배운다. 둘은 사랑에 빠진다. 어떻게, 라든가 왜, 를 묻고 싶었지만 그건 무의미한 질문이었다. 팬픽의 핵심은 그거였으니까. '어떻게'도 '왜'도 없는 사랑. 나는 호수도 이안도 죽이지 말아달라고 부탁했다. J는 깔깔 웃으며 꼭 그러겠다고 했다. 요샌 누굴 죽일 기분이 아니다. 그렇게 말했다.

　J가 날 위해 호이를 써준다면, 나도 J를 위해 뭔가 해주고

싶었다. 나는 창원까지 가서 영어학원을 다녔는데, 학원 근처에 교보문고가 있었다. 쉬는 시간에 교보문고에 들러 가죽 제본이 된 질 좋은 노트 두 권과 '전문가용'이라고 쓰인 샤프를 하나 샀다. 알고 보니 글 쓰는 전문가가 아니라 그림 그리는 전문가를 위한 거였지만. 예술가를 후원하는 르네상스시대의 귀족이 된 기분으로 그것들을 J에게 안기고, 첫 문장을 쓰는 모습을 보여달라고 졸랐다. J는 누가 보고 있으면 글이 안 써진다며 한사코 거부했다. 나는 목이 빠져라 『피치남』의 1편이 완성되기를 기다렸다. 노트 여섯 장이 앞뒤로 빽빽하게 채워지는 데는 3일이 걸렸다. J는 생각보다 잘 안 써진다, 재미가 없는 것 같다, 맞춤법을 틀린 것 같다며 한참을 미적대다 겨우 노트를 내놓았다. 나는 참지 못하고 수업 시간에 몰래 그것을 읽었다.

나는 피아노를 쳤다. 뭘 어쩌고 싶어서가 아니라, 살려고 쳤다. 사람들에게는 모두 불행을 소화하는 저마다의 방식이 있다. 나한테 그건 피아노였다. 내 마음대로 채울 수 있는 한 줌의 시간, 그것을 누리기 위해 나는 시시때때로 음악실에 숨어들었다. 집엔 피아노가 없었으니까. 정확히 말하면, 3년 전 아빠라고도 부르고 싶지 않은 새끼의 사업이 망하면서 평생 쳐온 내 피아노도 남의 게 돼버렸으니까.

첫 문단을 읽으며 나는 J가 글을 쓰는 이유에 대해 생각했다. '니는 꼭 뭐가 될라고 글을 쓰나?' 그 말에 대해서도 생각했다.

살기 위해 피아노를 치는 마음에 대해 생각했다. 살기 위해 뭔가를 하는 마음. 그러고 보면 J여신의 일기에도 비슷한 구절이 있었다. **살 이유를 찾지 못하면 더 이상 살 수 없을 것만 같다. 눈을 크게 뜨고 살아야 할 이유를 샅샅이 찾으면서 살고 있다.** J여신에게 그 마음이 뭔지 묻고 싶었다. J에게 물을 순 없었다. J가 쓴 글을 완전히 이해하는 모습을 보이고 싶었으니까. J도 아빠 사업이 망해서 못살게 됐을까? J의 아빠는 어떤 사람일까. J도 아빠를 아빠라고도 부르고 싶지 않은 새끼, 라고 생각할까. 그 마음은 또 어떤 걸까. J는 불행할까. 그러면 그 애는 나와 웃고 떠들고 껴안고 비비적대며 불행을 소화하고 있을까. 생각이 꼬리에 꼬리를 물고 뻗어나가 정작 『피치남』은 원하는 만큼 게걸스레 읽을 수가 없었다. J에게 묻고 싶은 질문들이 가슴에 가득해졌다. 어떤 것들은 물을 수 있었고, 어떤 것들은 물을 수 없을 거였지만, 그래도 궁금했다.

1편은 호수가 이안에게 **"피아노 좀, 가르쳐 줄 수 있어?"**라고 묻는 데서 끝났다. 다른 건 다 제쳐 두고, 훌륭한 도입부였다. 앞으로 이안과 호수가 어떤 식으로 엮이게 될지 가슴이 두근두근했다. 그것과는 별개로 나는 이 이야기의 어디서부터 어디까지가 J 자신의 것일지 가늠하느라 머리를 팽팽 굴렸다. J여신은 실제 경험에서 느낀 '심상'으로 글을 쓴다고 했는데, 솔직히 그게 무슨 말인지 잘 이해가 안 됐다.

나는 아낌없이 찬사를 퍼부었다. J는 글솜씨에 비해 지나치게 몸을 사렸다. 그 애는 분명 글을 잘 썼다. 나 말고도 J의 글솜씨를 인정해줄 사람이 많았으면 좋겠다는 생각이 들었다. 그래서 J가 한껏 거들먹거리게 된대도, 보기 싫지 않을 것 같았다.

장마철엔 온 세상에서 덜 마른 빨래 냄새가 났다. 습기 때문에 별로 덥지도 않은데 땀이 줄줄 났다. 교복 겨드랑이가 젖는 게 싫어서 팔꿈치를 애매하게 든 채 걸어 다니는 나를 J가 놀렸다. 방학식을 한 날에도 어김없이 비가 왔다. 나는 오래전부터 비 오는 날을 싫어했지만, 그날만은 예외였다. 방학을 맞아 J가 우리 집에서 자고 가기로 했고『피치남』3편도 완성되었기 때문이다.

엄마는 J를 별로 탐탁지 않게 여겼지만 그때까지 내게 워낙 친구가 없었던 만큼 하루쯤 J가 와서 자고 가도 된다고 허락해주었다. 그래도 좋아하지 않는 건 다 보였다. 상관없었다. 나는 J가 좋았으니까. 우리는 우산 하나를 나눠 쓰고 우리 집까지 걸었다. 매일 J와 걷던 하굣길인데 버스 정류장에서 헤어지는 게 아니라 집까지 함께 오니까 낯설고 들떴다. 우리는 축축해진 양말을 벗어두고 발을 씻은 후 옷을 갈아입었다. 나와 우산을 나눠 쓰느라 J의 오른쪽 어깨가 축축하게 젖어 있었다. 반면에 내 왼쪽 어깨는 멀쩡했다. J에게 조금 미안했고, 그것보다 많이 고마웠다. 나는 괜히 투정을 부렸다.

"나는 장마 싫다."

"나도."

"초등학교 때부터 장마 때마다 울 일이 생겼다?"

"왜?"

"기억도 안 난다. 그냥 장마 때마다. 그래서 장마가 싫더라."

"이번 장마에도?"

"일단 그럴 계획은 없긴 한데."

또 모르지, 하고 내가 말하자 J는 자신만만하게 올해는 다를걸, 하고 말했다. 근거 없는 그 애의 자신감이 나를 웃게 했다.

방학식 직전 이안은 자작곡으로 꽉 채운 앨범으로 솔로 데뷔를 했다. 학원에 갔다가 교보문고에서 산 그의 앨범을 시디플레이어에 넣고 재생했다.

그대의 손을 잡고 모르는 세상으로 달려
더 이상 슬픔은 없을 거예요

이안의 목소리가 방을 가득 채우는 동안, 나는 침대 위에 엎드려 『피치남』을 읽었다. J는 내 방 컴퓨터로 유니버스 팬페이지들을 탐색했다. 이안의 솔로 활동으로 쏟아지는 떡밥이 많았다. 곡 홍보를 위해 웬만한 예능 프로그램은 다 도는 것 같았다. 나는 그 떡밥들보다 『피치남』에 더 관심이 있었다. "제 음악이 상처를 치유할 수는 없더라도 최

소한 누군가에게 상처를 주지는 않았으면 좋겠다는 마음
이에요. 열심히 만들었으니까 귀 기울여 들어주세요." 음악
방송에 나와 곡 소개를 하는 이안의 목소리가 들리더니 곧
예능 프로그램에서 "띠드버거 사주세요." 하며 애교를 부리
는 목소리가 들려왔다. J는 미쳤다, 미쳤다, 하며 "띠드버거
사주세요."를 반복 재생했고, 나는 이안을 귀여워하는 J가
귀엽다고 생각하며 『피치남』을 읽었다.

내가 호수에게 가르치고 싶은 건 피아노뿐만이 아니었
다. 그게 문제였다. 내가 아는 모든 걸 가르치고 싶었다.
반대로 호수가 아는 모든 걸 배우고 싶었다. 하지만 당
장 내가 호수에게 줄 수 있는 건, 피아노를 가르쳐주는
것뿐이었다. 호수가 받을 수 있는 만큼만, 나는 줄 수 있
었다.

『피치남』은 『4월 이야기』와는 달랐다. 운명적 끌림, 고조
되는 갈등과 드라마틱한 고백의 순간 같은 게 없었다. 대신
서로에게 스미듯 서로를 좋아하게 되는 두 사람이 있었다.
사랑이라는 말은 한 번도 등장하지 않았지만, 둘은 사랑에
빠지고 있었다.

"야, 근데."

"어."

"호수가 이안이한테 첫눈에 반했나?"

"아니, 나는 첫눈에 반하고 그런 거 안 믿는다."

나는 휙 고개를 들어 J를 바라봤다.

"첫눈에 반하는 게 없다고?"

"그런 식으로 시작하는 거 싫다."

"왜 싫은데? 『4월 이야기』에서 호수랑 이안이는 서로 첫눈에 반하는데."

"그래서 나는 그 팬픽 별로라니까."

나는 J가 나를 별로라고 하기라도 한 듯이 서운해졌다. 내가 『4월 이야기』를, J여신을 얼마나 좋아하는지 알면서.

"니도 J여신을 더 알게 되면 그런 말 못할걸."

"작가를 모르고 읽어도 좋아야 좋은 글이지."

"그럼 니 글은."

"내 글 뭐."

Chapter 2. 여름

"나는 니를 알잖아. 그래서 좋은 거면 어떡할래."

뱉어 놓고도 아차 싶었다. 나야말로 이래도 허허 저래도 실실인 J가 자기 글에 대해서만큼은 예민하게 군다는 걸 알았으면서. 나는 슬며시 고개를 올려 J를 바라보았다. J는 굳은 표정으로 나를 보고 있었다.

"상처 주네."
"……."
"니 내한테 미안하제?"
"어. 미안. 진심 아니었다."
"봐준다."
"고맙다. 아이스크림 먹을래?"

장마의 저주가 발동하나 싶었는데, J가 상처 주네, 하고 판을 깔아줘서 수월하게 사과했다. J에게는 장마 때 운 이유가 기억나지 않는다고 했지만, 그건 거짓말이었다. 매년 학기 초에 사귄 친구들은 장마 때쯤 나를 떠났다. 이유는 알 수 없었다. 그게 내 문제였겠지만. 방학식을 할 때쯤이면 주위에 아무도 남아 있지 않아 급식을 먹으러 갈 때 친하지도 않은 애들 사이에 눈치껏 끼는 일이 고역이었다.

가장 최근인 중학교 2학년 때 친구들과 멀어진 건 체육 시간의 일 때문이었다. 나는 세주, 은정과 셋이서 어울렸다. 언제나 나보다는 둘이 더 친했지만, 나는 그것을 모르는 척했고 그 상태에 그런대로 만족했다. 어느 날의 체육 시간에 우리는 떠들다 선생님에게 걸렸다. 우리가 떠드는 현장을 제대로 보지 못한 선생님은 대충 소음의 근원지만 쳐다보고 자연스럽게 모범생인 나를 용의선상에서 제외했다. 세주와 은정은 오리걸음으로 체육관을 돌게 됐다. 마음이 불편했다. 뛰쳐나가서 저도 같이 떠들었습니다, 하고 벌을 받아야 하나 생각했지만 타이밍을 놓쳤다. 오리걸음은 무섭지 않았지만 선생님이 무서웠다. 아니, 선생님의 기대를 배신하는 게 무서웠다. 그다음 쉬는 시간부터 세주와 은정은 나를 없는 사람 취급했다. 그날 울면서 우산 없이 빗속을 걸어 집까지 갔던 생각이 났다. 사실 그 애들은 내 사과를 받을 마음이 없었던 것일 수도 있겠구나. 내가 사과할 타이밍을 만들어주는 J를 보며 세주와 은정을 생각했다. 연약한 관계가 깨진 구석을 만지작거리다 손을 조금 베었다.

저녁으로 엄마가 해준 불고기를 먹고 조금 더 노닥거리다가 이를 닦고 침대에 나란히 누웠다. 학교에서부터 내내 이야기를 나눈 터라 관성처럼 입이 달싹거려 잠이 오지 않았다. 아무래도 내일부터 방학이 시작되면 학기 중만큼 J를 자주 볼 수 없겠지. 그런 생각을 하니 기분이 이상했다. J를 만나기 전 내가 어떤 식으로 매일을 보냈는지 기억해내기 어려웠다.

"무슨 생각 해?"

"아무 생각 안 하는데."

"…니가 안 읽어주면 『피치남』 못 쓸 것 같다."

"왜?"

"음… 니 읽으라고 쓰는 거니까?"

"오."

"그러니까 방학 때도 만나자. 일주일에 한 번, 니 좋은 날로."

"좋다. 나도 방학 내내 『피치남』 어떻게 되는지 모르면 자꾸 생각날 것 같다."

"굿."

"내가 니 공부도 좀 도와줄까?"

"방학에 공부는 무슨."

"아, 왜. 성적 올리면 좋잖아."

"어차피 실업계 갈 건데."

"또, 또. 인문계 가라니까."

"지는 외고로 빠질 거면서."

"그건 그렇지."

"치사하다."

"뭐가 치사한데."

나는 J가 귀엽다는 생각이 들어 킬킬 웃었다. 내가 인문계에 가면 따라오겠다는 소린가?

"니 웃으니까 광대뼈가 맥반석 계란 같다."

"미친 거 아니가."

맥반석 계란이란 말이 웃겨서 우리는 한참 소리 죽여 웃었다. 별것도 아닌데 눈물이 날 정도로 웃겼다. 달빛이 엄청 밝네. 니 광대에서 빛난다, 빛나. J가 동그란 손끝으로 내 광대뼈를 톡톡 두드리며 말했다. 숨어드는 달빛, 쓰다듬는 별빛. 너는 단 하나의 광원. 우리는 입을 모아 작은 소리로 〈빛 드는 창〉을 불렀다. 까슬까슬한 여름 이불 아래에서 서로를 간질였다. 밖에선 계속해서 비가 내렸다. 마음에 선풍기 바람이 부는 것 같았다.

J와 나는 실제로 방학 내내 일주일에 한 번씩 꼬박꼬박 만났다. 화요일과 목요일엔 내가 영어학원에 가야 했고 주말은 가족과 보내야 해서 수요일에 만났다. 학교 앞의 마루 카페에서 나는 카페모카, 그 애는 아이스티를 시켜놓고 앉아 몇 시간이고 유니버스와 『피치남』이야기를 했다. 글이 잘 안 풀린다며 J가 괴로워하면 나는 미진베이커리에서 그 애에게 팥빙수를 사 먹였다. J는 팥빙수의 젤리를 골라내며 푸념했다. "호수가 내 마음대로 안 움직이네." 신기한 말이었다. 인물은 작가가 쓰는 대로 움직이는 거 아닌가?

J가 『피치남』을 써 들고 오면 나는 그것을 읽었고, 내가 『피치남』을 읽는 동안 그 애는 내 독촉에 못 이겨 내가 가져온 문제집을 풀었다. J는 일찌감치 수학을 포기해서 중학교 3학년 수학 문제집을 풀지 못했기 때문에 나는 그 애의 영어를 봐주었다. 국어는 이미 잘해서 손댈 것도 없었다. 영어 단어장을 만들어 단어를 외우게 하고, 문제 푸는 요령을 알려주었다. 지문이 너무 길면 맨 앞 문장이랑 맨 마지막 문장만 읽어라. J는 머리가 좋고 눈치가 빨라 독해를 잘 해냈다. 발음에는 자신이 없는지 소리 내어 지문을 읽는 것

을 부끄러워했다.

여전히 『피치남』에서 사랑이란 말은 한 번도 언급되지
않았다. 7편에 이르자 나는 분통을 터뜨렸다.

"야, 이제 좀 사귀게 해줘라!"

J는 어리둥절한 표정으로 대답했다.

"이미 사귀고 있는데?"

나도 어리둥절해졌다.

"고백도 안 했는데?"

우리는 무슨 소리를 하는 거냐는 표정으로 서로를 바라보
았다. 우리의 표정이 꼭 복사 붙여넣기를 해놓은 것 같아서
그 와중에도 웃음이 났다. 한바탕 웃어젖힌 후 J가 말했다.

"야, 꼭 고백을 해야 사귀는 거가. 서로 좋아한다고 티 다
냈고. 손도 잡았고. 뽀뽀까지 했잖아."

"장난처럼 했잖아."

"장난 아닌 거 다 알았잖아."

"그래도 고백은 해야지."

"아이, 촌스러. 안 팔아요, 안 팔아."

"작가 선생님, 제발요."

"꼬우면 읽지 마세요."

아쉬운 내가 졌다. 대신 8편에선 키스 신을 넣어달라고 애걸했다. 콜, J는 시원하게 받아들였다. 8편에서 이안과 호수는 싸웠다. 호수가 이안이 숨기려 했던 가정사를 알게 되는 바람에 괜히 자존심이 상한 이안이 호수에게 상처되는 말을 했기 때문이다. 하지만 마음 넓은 호수 덕에 싸움은 화해의 키스로 매듭지어졌다.

너 나한테 미안하지?

응. 진심이 아니었어.

그럼 네 진심은 뭐였는데?

네가 나를 동정할까 봐 무서웠어.

그런 게 어딨어. 그리고 나 너 동정 안 해.

그래도 쪽팔린다고.

뭐가 쪽팔려. 네 잘못도 아닌데.

쪽팔리는 걸 어떡해.

귀여워.

그렇게 말하고 호수는 갑작스레 얼굴을 내밀어 내게 키스했다. 그 애가 조준을 잘못하는 바람에 인중에 입술이 닿아서, 내가 고개를 조금 들어 입술을 맞췄다. 호수의 뜨거운 콧김이 인중을 덮쳤다. 곧 도톰한 혀가 들어와 내 입천장을 간질였다. 첫키스였다.

키스는 어떤 느낌일까. 내 입에 남의 혀가 들어오고 남의 입에 내 혀가 들어간다는 것은. 『피치남』 7편을 읽자 J가 키스를 해봤을지 궁금해졌다. 키스를 안 해본 사람치고는 너무 현실적인 묘사가 아닌가 싶어서였다. 게다가 J는 은근히 '노는 애들'과 친했다. 지금이야 나와 꼭 붙어 다니지만 학기 초에는 그 애들과 밥을 먹었고, 체육복이나 책을 빌려주는 것도 몇 번 보았다. 내가 아는 단 한 명의 '노는 애'는 방예슬이라는 애였는데 그것도 친하다고까지는 할 수 없었고 화장실 청소를 같이 하면서 말을 튼 정도였다. 방예슬은 제 친구들과 몰려다니며 누굴 '다굴'하거나 남자애들과 논 이야기를 곧잘 해주었다. 뽀뽀라고는 J와 장난으로 나누는 게 다였던 나와는 달리 '노는 애들'은 대부분 키스를 해봤다고 했다. 방예슬의 키스 후기는 "별거 없는데 하면 시간은 잘 간다."였다. 방예슬에게 "니도 키스 해봤나?"라고 물을 때는 순수한 호기심뿐이었는데, J에게는 같은 질문을 하기가 망설여졌다. 해봤다고 대답하든 안 해봤다고 대답하든 기분이 이상할 것 같았다.

방학 동안 J와 나는 롯데마트 1층 상가에서 신발이며 열대어, 화장품을 구경하다가 롯데리아에서 햄버거와 셰이크를 먹기도 했고, 시내에 있는 도서관에 가서 책을 읽기도 했고, 155번 버스를 타고 창원까지 가서 교보문고나 정우상가 인근을 돌아다니기도 했다. 창원 롯데시네마에서 영화도 한 번 봤다. 〈토이 스토리 3〉를 봤는데, J가 너무 많이 울어서 나는 같이 울어 놓고도 한참 그 애를 놀렸다. 노래방에도 자주 갔다. 유니버스의 명곡들을 주로 불렀다. 내가 노래를 부르면 J가 응원법을 외쳤고 J가 노래를 부르면 내가 응원법을 외쳤다. 이! 안! 호! 수! 카! 디! 테! 오! 진! 영! 유! 준! 우! 주! 최! 고! 유! 니! 버! 스!

개학 전 마지막으로 노래방에 간 날, J는 마지막 곡으로 전람회의 〈취중진담〉을 선곡했다. 평소에는 뱃속에 남은 고음을 쥐어짤 수 있는 다비치나 씨야 노래를 불렀는데, 의외였다. 딩, 딩, 딩, 틱. 드럼 소리와 함께 어딘가 방정맞은 데가 있는 노래방 반주가 시작되었다. 가슴이 딩, 딩, 딩, 틱 하고 뛰었다. 빙글빙글 돌아가는 노래방 조명이 J의 얼굴에 색색의 그림자를 드리웠다. J는 낮은 목소리로 노래를 시작했다.

"그래, 난 취했는지도 몰라."

술 한 방울 안 마시고 노래했다.

"하지만 꼭 오늘 밤엔 해야 할 말이 있어."

훤한 대낮 오후 두 시에 말했다.

J는 간주 중 우스꽝스러운 팔자 눈썹을 하고 왈츠를 추며 내게 다가와 내 손등에 입을 맞췄다. 나는 J의 장단에 맞춰 양 뺨을 부여잡고 발을 동동 굴렀다. J가 잡은 손을 놓지 않고 악수를 하듯이 마구 흔들었다.

"자꾸 왜 웃기만 하는 거니. 농담처럼 들리니. 아무 말도 하지 않고 어린애 보듯 날 바라보기만 하니."

J는 날 뚫어져라 쳐다보며 과장된 동작으로 열창을 하다가 결국 제가 먼저 웃음이 터져 노래를 끝까지 마무리하지 못했다. 우리는 보컬을 잃고 가냘파진 선율이 흐르는 작은 방 안에서 배가 찢어져라 웃었다. 우리의 웃음소리가 노래

방 벽을 때리며 웅웅 울렸다. 조명은 계속해서 빙글빙글 돌았다. 사방이 오색으로 점멸했다. 문득 이 순간을 잊을 수 없을 거라는 예감이 나를 덮쳤다. 지금이 과거가 되어버리는 것은 슬픈 일이야. 멈추려는 웃음에 다시 시동을 걸어 그 순간을 연장했다. 더 이상 허파에 남은 숨이 없을 때까지 웃어젖히며, 어두컴컴한 조명 아래 담배 쩐 내가 나는 노래방에서 낯선 어른의 말들로 사랑을 노래하는 J의 모습을 사진 찍듯 마음에 담았다. 에코가 심한 노래방 음향에 귀가 멍해져서 건물 밖으로 나오니 모르는 세상에 온 것 같았다. 매미가 시끄럽게 울고 정수리를 뚫을 듯한 햇볕이 봐주는 것 없이 내리쬐고 있었다. 그늘이 간절해지는 여름날이었다.

4월 이야기

(3) 연애담

그냥 이호수도 좋았고, 친구 이호수도 좋았지만, 애인 이호수는… 도저히 그보다 더 나은 것을 상상할 수 없을 만큼, 좋았다. 솔직히 이호수가 쓰레기 새끼래도 참고 사귈 수 있을 만큼 그 애를 좋아했는데, 내 굳은 다짐이 무의미해질 만큼 녀석은 완벽했다.

무뚝뚝한 주제에 다정했다. 사귀기 전에는 은근히 다정했는데, 사귀고 나니까 대놓고 다정해졌다. 생선을 먹다 가시가 씹힌다고 하면 자연스레 뱉어, 하면서 휴지 하나 깔지 않은 손바닥을 내밀었다. 그게 습관이 된 후로는 급식실에서도 종종 그러는 바람에 미친 사람들 보듯 하는 시선을 몇 번 받았다. 정신을 빼놓고 다니는 날 위해 항상 여분의 펜과 노트, 접이식 우산과 손수건을 가지고 다녔다. 수업 시간에는 잠 한 번 안 자면서 내가 아프기라도 하면 꾀병을 부려 하루 종일 같이 양호실에 있어줬다. 밴드부 공연에서는 무조건 꽃다발을 들고 맨 앞줄을 사수했다.

물론 그 애가 열광적으로 호응하는 관객은 아니었지만, 뚫어져라 나를 바라보는 녀석의 시선이 전교생의 함성 소리보다 짜릿했다. 밀고 당기는 게 없었다. 단순한 말로 진심을 가감 없이 드러냈다. 내가 아무리 장난스럽게 사랑한다고 하든 언제나 진지하게 나도 사랑해, 하고 대답했다.

섹시했다. 열아홉 살짜리한테 걸맞은 표현인지는 모르겠지만, 실제로 그랬다. 녀석은 흔히들 말하는 섹시한 사람과는 거리가 멀었지만, 오히려 외양만 놓고 따지자면 작고 귀여운 축이었지만, 뭔가 마음에 들지 않을 때 어금니를 깨물면 드러나는 턱선과 결정적인 순간에 낮아지는 목소리, 길고 끝이 뭉툭한 손가락이 섹시했다. 나만 보는 깊은 눈빛이 섹시했다. 함부로 음담패설을 하지 않았지만 필요한 순간에는 아무렇지도 않게 온몸의 털이 바짝 설 만큼 야한 말을 할 줄 알았다.

귀여웠다. 사랑스러웠다. 든든했다. 존경스러웠다. 세상의 좋은 말을 다 갖다 붙여도 성에 차지 않았다. 적어도 내게 이호수는 우주에서 가장 멋진 남자였다. 그리고 이호수에게는 '적어도 내게' 멋진 남자인 게 제일 중요했다. 다른 사람이 자길 어떻게 생각하든 전혀 상관하지 않았다. 그는 나만 봤고, 내 눈에는 이호수만 보였다.

우리는 같은 대학에 진학했다. 내 성적이 녀석보다 훨씬 안 좋았지만, 실용음악과는 실기 비중이 높았기에 가능했던 일이었다. 사실 그에 더해 이호수가 하향지원을 했다는 의심도 들었는데 그는 극구 부인했다. 나와 붙어 있으려고 무려 대학을 하향지원했다는 건 내가 생각하기에도 좀 과한 구석이 있어서 끝까지 추궁할 생각까지는 안 했다.

실용음악과와 국어국문학과의 신입생 환영회 날짜가 겹쳤다. 장소도 겹쳤다. 같은 리조트의 다른 동이었다. 당연히 만날 작전을 세웠다. 부어라 마셔라 처음 접해보는 온갖 술게임에 연신 소주를 들이부으며 얼른하게 취해 가면서도 틈틈이 시간을 확인했다. 새벽 한 시에 사랑스러운 애인을 만나기로 했으니까. 오후 여섯 시부터 마셔대는 바람에 열한 시쯤 되자 대부분이 '시체방'으로 옮겨졌다. 마음 같아선 나도 실려 나가 뻗어 자고 싶었지만 정신력으로 버텼다. 웬만한 사람들이 다 사라지고 나자 주당들만 남아서 그냥 이호수가 보고 싶은 신입생일 뿐인 나는 죽을 맛이었다. 남은 사람들끼리는 술게임이랄 것도 없이 들이부었다. 아니 술게임을 하긴 했는데 이제는 룰도 모르겠고 그냥 선배들이 마시라면 마셨다. 화장실 좀 다녀올게요. 휘청거리며 화장실에 가서 찬물로 세수를 했다. 한 시에 만나기 전까진 서로 연락하지 말자고, 대학 생활에 집중하자고 내가 먼저 그랬는데. 진짜로 연락이 없으니 서운했다. 이게 다 이호수가 버릇을 잘못 들여놓은 탓이다. 자꾸만 앞뒤 없는 기대를 하게 된다.

띠리링.

[이안아] [보고 싶어] [곧 봐 사랑해] [취해서 하는 말 아냐]

문자 네 개가 연달아 왔다. 이것 봐. 이러니 내가 버릇을 못 고치지. 앞뒤 없는 기대에 기어이 맥락을 이어붙이는 이호수. 나는 잘 움직이지 않는 손가락으로 문자를 쳤다.

[호ㅅ야 자기 애인 죽는ㄷ ㅣ]

당장 전화가 걸려왔다.

'얼마나 마셨어.'

"호수우. 보고 싶어."

'취했네. 그냥 잘래?'

"시러… 너 볼래."

'그럼 지금 나올래?'

"너 나와도 돼?"

'되지, 그럼. 나와, 지금.'

나는 인사불성이 된 선배들의 눈을 피해 살금살금, 아니 실은 엉금엉금 방을 빠져나갔다. 걷고는 있는데 발이 땅에서 떨어지질 않아 곧 중심이 무너졌다. 네 발로 기었다. 하하, 그러는 내 꼴이 웃겨서 주저앉아 한참을 웃다가 다시 정신을 차려 기우뚱기우뚱 걸었다. 어둠을 틈타 함께 '산책'을 하러 나온 남녀가 쌍쌍이 흩어져 있었다. 우리는 남남이었기에 조금 더 깊숙한 곳에서 만나기로 약속해 둔 터였다. 리조트에 살짝 걸친 야산의 등산로 초입. 원래 길치인 데다 너무 취해서 우왕좌왕하다 풋사랑을 속삭이는 연인 몇 쌍과 어깨를 부딪쳤다. 아이고, 죄송합니다. 하던 거 하세요. 한참을 헤매고 나서야 흙바닥에 엉덩이를 깔고 앉은 이호수를 발견했다.

"호수우. 착하게 기다리고 있었어?"

"엄청 취했네. 이런 거 처음 본다. 괜찮아?"

"호수야, 사랑해."

"나도 사랑해. 근데 너 손이 왜 흙투성이야. 네 발로 기었어?"

"정답. 멍멍. 하하하. 하하하하."

진짜로 네 발로 기었던 게 생각나서 다시 폭소가 터졌다. 개 됐다. 네 애인 개 됐어. 왈왈.

이호수는 허탈하게 웃으며 제 점퍼를 벗어 바닥에 깔고 나를 앉혔다. 분명히 앉으려고 했는데 스르르 몸이 미끄러졌다. 결국 녀석의 허벅지를 베고 누웠다. 누가 머리를 끌어다 땅에 갖다 박는 것 같았다. 하늘이 팽글팽글 돌았다. 요령 있는 내 애인은 나처럼 무식하게 퍼먹지 않고 적당히 조절을 한 모양이다. 둘이 마셔봤을 땐 주량이 비슷했는데, 나는 괜히 억울한 마음이 들어 이호수의 어깨를 퍽퍽 때렸다.

"권이안. 겨우 술주정 부리려고 사람 30분 기다리게 했냐."

"겨우 술주정이라니, 너 이거 어디 가서 못 보는 구경이다. 사람이 개가 되는 매직."

"내일 기억은 하겠니."

"못한다고 치고 나한테 하고 싶은 거 다 해봐. 사람도 없는데."

"밑도 끝도 없이 유혹하네. 어이없어."

"넘어올 거면서."

이호수가 웃더니 고개를 숙여 내 입에 키스했다. 축축한 그의 혀가 좋아서 나는 헤실헤실 웃었다. 웃어? 입이 맞닿은 채로 이호수가 으름장을 놓았다. 나는 눈을 감고 팔을 뻗어 녀석의 고운 머릿결을 쓰다듬었다. 어쩌다 이만큼 좋아하게 됐지. 어째서 이렇게 사랑하게 됐지. 여전히 입술이 붙은 채로, 나는 웅얼웅얼 말했다.

"야, 호수야."

"응."

"너는 어떻게 이름도 이호수냐. 아, 내가 이 얘기를 하려던 게 아니고… 너는 내가 언제부터 좋았냐. 어쩌다가 좋아졌냐."

"그런 게 중요해?"

"중요해."

"왜?"

"안 믿어져서."

"뭐가."

"네가 날 사랑하는 게⋯ 나는 그냥 권이안인데. 너는 이
호수니까. 이호수가 왜 날 좋아하는지 모르겠어. 믿을 수
가 없어서 꼬치꼬치 캐묻고 싶어."

"그런 게 어딨어."

"그냥 말해줘."

"음⋯ 아마 넌 기억 못하겠지만⋯ 나 처음 전학 왔을
때, 네가 처음 말을 걸어줬어. 축구하자고도 물어줬어. 그
때부터 좋았어."

"내가 아니라 김태현이 처음 말 걸었으면 걔 좋아했을
거야?"

"⋯징그러운 소리 하지 마."

"히히. 계속해봐."

"몸치처럼 생겼으면서 축구 잘하는 게 멋있었어. 점심시
간마다 축구하는 너 내려다보는 게 하루 중에 제일 재밌었
어. 멀리서 봐도 너를 바로 알아볼 수 있었어. 너만 보였어."

"나 다 기억해. 처음에 네가 축구 안 한다고 해서 나 심장이 아팠어."

"그랬어?"

"응. 서운했어."

"그랬구나, 미안해."

나는 밤하늘을 올려다보았다. 술에 취해서인지, 별이 쏟아질 것 같았다. 쏟아지는 별에 깔려 죽어도 행복할 것 같았다. 지금 당장 지구가 멸망한대도 이호수의 다리를 베고 누워 죽을 수 있다면, 그것만으로도 괜찮은 끝이라고 생각했다.

"그럼 나한테 첫눈에 반한 거네."

"그렇지. 첫눈에 반했는데 갈수록 좋아졌지."

"나도 그랬는데."

"그랬어?"

"호수야."

"응."

"그런데 사람들이 다 너를 좋아하잖아. 너 싫어하는 사람 없잖아."

"그건 너지."

쯥, 형님 말씀하시는데. 나는 장난스레 눈을 부라리며 손으로 이호수의 입을 막았다. 이호수가 혀를 내어 낼름, 내 손바닥을 핥았다. 야! 더럽게. 내가 투정을 부리자, 이호수는 빙그레 웃었다.

"아무튼 호수야. 널 사랑하는 사람이 아무리 많아도, 나, 지지 않을 자신이 있어. 그 사람들 중에 내가 너를 제일 사랑한다고 장담할 수 있어. 엄마도 걸 수 있어."

"그런 말은 하는 게 아냐."

"그만큼 자신 있다는 거야. 내가 엄마를 얼마나 사랑하는데. 근데 엄마보다 너를 더 사랑해."

"나도."

"내가 누굴 이렇게까지 사랑할 수 있는 사람인지, 전엔 몰랐어. 넌 이게 얼마나 신기한 일인지 모를 거야."

"나도 마찬가지야."

"좀 닥쳐봐. 너는 몰라. 너는 나 같은 인간이 아니거든. 나는 별로 가진 게 없어. 나는 정말 그냥, 평범하고, 물론 귀엽고 웃기고 노래도 기깔나게 하지만……."

"귀엽고 웃기고 노래도 기깔나게 하는 거 맞는데, 너 안 평범해. 너는 나한테 가장 특별한 사람이야."

"그래, 정확히 그 포인트가 이해 안 되는 거라고. 하나도 안 특별한 내가, 너의 가장 특별한 사람이라는 게."

"차라리 네 말이 진짜면 좋겠다. 그럼 질투할 일도 없을 텐데."

"너 질투해?"

"애인이 넌데 그럼 안 해?"

"호수 눈에 콩깍지 씌었다."

나는 콩깍지를 빼주겠다고 난리를 치다가 이호수의 눈알을 찔렀다. 아! 녀석이 몸을 뒤틀었다. 가지가지 한다, 정말. 또 애처럼 웃는다. 나 때문인지 술 때문인지 빨갛게 충혈된 눈으로 웃는 이호수가 너무 귀여워서 슬퍼졌다. 차라리 지금 별이 쏟아지고 소행성이 떨어져서 지구가 멸망해버렸으면 좋겠다. 가장 좋은 순간에 죽어버리고 싶은 마음. 호수야. 너는 이런 마음을 아니. 기뻐도 슬프고 슬퍼도 기쁜 마음. 내 삶이 이 사랑보다 길 거라는 짐작만으로 하염없이 가라앉는 마음. 웃었다가 울었다가 엉덩이에 뿔 나게 생겼다. 안 되는데 뿔 나면. 그럼 섹스할 때 우리 호수

아플 텐데. 나는 흐릿해진 이호수의 얼굴을 손가락으로 가만가만 쓸어보았다. 흐릿해도 잘생겼어.

"사랑해, 호수야. 너를 너무 사랑해서 마음이 막 아파."

"나도 사랑해. 이 주정뱅이야. 울지 마."

"나 울리지 마."

"내가 뭘 했다고."

"나 떠나지 마."

"당연하지, 바보야."

(4) 모든 문제의 시작은

군대. 브레이크 고장 난 자동차처럼 눈에 뵈는 것 없이 사랑하던 나와 이호수도 움찔하게 만드는 힘이 있는 단어였다. 물론 군대 따위가 우리 사이를 갈라놓을 순 없지. 우리는 운명이니까. 첫눈에 반했던 열여덟 살 때보다 지금 더 사랑하니까. 무슨 일이 있든 앞으로 더 사랑하게 될 게 확실했다. 우리의 마음은 변하지 않겠지만. 적어도 내 마음은 변하지 않겠지만. 군대는 어떤 식으로든 우리 관계의 양상을 변화시키게 될 거고, 나는 군대라는 변수가 무서웠다. 게다가 아무리 휴가를 맞춰 쓴다 해도 두세 달에 한 번이나 얼굴을 볼 텐데, 그럼 어떻게 살아. 열여덟 살 이후 일주일 이상 이호수를 안 본 적이 없었다. 사귀고 나서는 하루 이상 연락이 안 된 적도 없었다. 분리불안이 안 생기는 게 이상할 만큼 한 몸처럼 붙어 있었다. 이호수 없는 내가 어떻게 생겨 먹은 인간이었는지, 나조차 가물가물했다.

최대한 미뤘지만 결국은 가야 했다. 난생처음으로 분단국가의 현실을 저주했다. 스물두 살의 가을, 이호수는 육군 현역으로 입대했다. 정작 군대 가는 이호수는 담담

했는데, 나는 걔 입대 전날 머리 깎을 때부터 고장 난 수도 꼭지처럼 툭 치면 울었다. 동안이라 아직 십대처럼 보이는 얼굴에 머리까지 빡빡 깎아 놓으니 영락없는 동자승이었다. 동자승이 섹시하면 어떡하냐. 나 이제 어떡하냐. 나는 같잖은 농담을 던지며 울었고, 이호수는 날 끌어안고 달래 주었다. 우리, 괜찮을 거야. 나는 섹시한 동자승과 밤새 섹스했다.

첫 편지를 받고는 전사자의 유품을 건네받은 유족이라도 된 듯이 통곡을 했지만, 녀석이 훈련소에서의 한 달 동안 매일 꼬박 편지를 보내오자 새로운 연애를 하는 것처럼 설렜다. 편지를 써야 할 만큼 떨어져 있어본 적이 없고 기념일에 편지를 요구하는 성격도 아니어서 국문학도 이호수의 글솜씨는 처음 구경하는 거였다. 훈련소에서의 일상과 과장 없이 담백한 사랑의 말들로 가득 찬 편지들은 내 보물이 되었다.

어제는 처음으로 그 이름도 유명한 종교행사에 다녀왔어. 나는 불교로 갔는데 설법 후에 법당에 4인조 여성 댄스팀이 와서 공연을 했어. 고등학교 때 축제에서 너 밴드부 공연하던 생각이 나더라. 정말 멋있었는데. 당장이라도 무대 위로 뛰어올라가 키스하고 싶었어. 너에 비하면 4인조 여성 댄스팀은 카리스마가 좀 부족하던데. 공연보다도 그 공연을 보면서 날뛰는 군인 수천 명을 보는 게 더 재밌었어. 미친놈들 같았어.

오늘은 처음으로 군장이라는 걸 메고 제법 긴 거리를 걸었어. 허세를 부리고 싶은데 너도 곧 경험하게 될 테니까 거짓말하지 않을게. 무겁고 힘들었어. 걷는 내내 네 생각을 했어.

네 편지 받았어. 고등학생 때부터 알긴 했지만 너 정말 악필이더라. 내용이 그렇게 감동적이지만 않았어도 짜증날 뻔했어. 농담이야. 나 때문에 너무 울지 마. 나 안 죽었고 건강히 잘 있으니까 너도 밥 꼭 챙겨 먹고. 친구들 만나서 외로움을 해소하는 건 좋은 생각 같아. 그래도 술 너무 많이 마시지 마. 너 술 마시면 너무 귀여워져서 군인은 불안해.

네 사진 보내줘서 고마워. 예쁘더라. 관물대에 붙일 수는 없었지만 화장실에 들고 들어가서 딸쳤어. 농담이야. 여기선 그럴 흥도 안 나.

취사 지원이라는 걸 나가서 느타리버섯을 엄청 찢었어.

사격 훈련을 했어. 이제 네가 바람나면 총으로 쏴버릴 수 있게 됐다.

체력검정을 했어. 우리 앞 중대에서 한 명이 쓰러지는 바람에 잔뜩 긴장했어. 나는 안 쓰러졌고 그렇다고 잘하지도 못했어. 네가 축구하잘 때 좀 할 걸 그랬지. 군대에서는 체력이 제일 유용한 자질 같아.

어젠 네 꿈을 꿨어. 이 문장을 쓰자마자 네가 몽정했냐고 물을 게 눈에 선하다. 안 했어. 네가 편지에 단풍 얘기를 써 보내서 그랬는지 너랑 단풍 보러 가는 꿈을 꿨어. 관광버스를 타고 갔는데 어째선지 중간에 버스가 비행기로 바뀌고 비행기에서 내리니까 설악산이었어. 절 같은 데를 들어갔는데 거기서 너랑 결혼했어. 스님이 주례를 보고 4인조 여성 댄스팀이 축하 공연을 했어.

어제는 구급법을 배웠어. 인형의 가슴을 누르고 인공호흡을 하면서 그게 너였으면 좋겠다는 생각을 했어. 변태 같니? 너도 똑같은 생각을 하게 될 거야. 오늘은 화생방 훈련이 기다리고 있어서 무섭다. 비가 엄청 내리고 있어서 혹시 취소되지 않을까 하는 일말의 희망을 버리지 못하는 중이야. 비가 이렇게 내리면 내일 각개전투도 걱정이야. 진흙투성이가 되겠지. 신입생 환영회에서 술 먹고 네 발로 기던 네가 생각나네. 보고 싶다. 사랑해, 이 주정뱅이야.

나는 이호수와 동시에 휴학했지만, 시기를 잘못 맞추는 바람에 다음 해 봄에 의경으로 입대했다. 입대 전까지는 졸지에 '전업 곰신'이 되어서, 인터넷에 '군인 남자친구 선물' 따위를 쳐서 찾은 잡동사니들을 챙겨 보내는 재미가 쏠쏠했다. 휴가 시기를 맞추지 못한 이호수는 내 입소식에 오지 못했지만, 수료식엔 왔다. 내 가족과 이호수가 같이 있는 모습은 낯선 것이었다. 어차피 내 가족이 우리 사이를 알 일은 평생 없을 텐데, 결혼 허락을 받는 사위라도 된 것처럼 혼자 뻣뻣하게 굳은 이호수의 모습이 웃겼다. 정신 나간 새끼처럼 실실 웃다가 이호수한테 핀잔을 들었다.

부모님과 형, 이호수까지 다섯이서 피자를 먹던 중 내가 올리브를 씹고 단말마의 비명을 뱉자, 녀석은 익숙하게 "뱉어." 하고 손바닥을 내밀었고, 나 역시 익숙하게 녀석의 손에 올리브를 뱉었는데, 그 광경을 본 엄마와 아빠, 특히 형은 기함을 했다. 집에서 귀염둥이 막내아들이라 친구한테까지 응석을 부리냐는 꾸중을 들었다. 손에 반쯤 씹힌 올리브 조각들을 든 이호수와 시선을 교환하며 웃음을 참았다.

군 생활이 안락할 리야 없지만 특별히 괴롭지도 않았다. 초반엔 어쩔 수 없이 좀 맞기도 하고 갈굼도 당했는데 워낙에 타고난 막내아들이라 금방 선임들의 호감을 샀다. 무엇보다 나에겐 이호수가 있었다. 한번 마음먹은 일은 좀처럼 포기하지 않는 놈답게 그는 변하지 않았다. 그리고 이호수가 나를 사랑하는 이상, 나도 그를 사랑할 수밖에 없었다.

이호수가 먼저 제대했다. 나는 군화 위에 꽃신을 신었다는 농담을 했고 이호수는 웃어주었다. 그는 내가 제대하기 전 복학했다. 교직이수를 하려면 추가 학기를 다녀야 할 수도 있다는 계산에서였다, 는 게 서운해하는 내게 내민 녀석의 변명이었다. 이호수는 군대에서 착실히 진로 계획을 세운 모양이었다. 국어 교사가 될 거라고 했다. 이안이 너는 네가 하고 싶은 일을 했으면 좋겠어. 그러려면 나한테는 안정적인 직업이 있어야겠지. 녀석은 말했다. 고등학생 때부터 국어 선생 좋아하더니 결국 그 길을 가는구나. 나는 녀석을 놀리는 것 말고는 할 수 있는 게 없었다.

녀석은 가을에 전역했으므로, 3월에 복학했을 때는 이미 민간인이 다 되어 있었다. 동자승 머리에 개구리 같은 군복을 입어도 멋있었는데. 군대에 다녀오자 왜소했던 몸집이 적당히 단단해지고 젖살이 빠져 소년티가 완전히 가셨다. 나는 새로운 이호수에게 또 새로이 반했다. 문제는 내가 아닌 누구라도, 눈이 달렸으면 자연스레 녀석에게 반할 거라는 사실이었다. 군대를 다녀왔는데 아저씨 같지는 않은 미남 복학생을 노리는 손길이 얼마나 많을지 생각하니 나 없는 캠퍼스에 이호수를 내놓는 게 군대 보내는 것보다 두려웠다. 녀석은 점점 몸집을 불려가는 내 불안에 코웃음 쳤지만 나는 심각했다.

"이호수. 누가 네 번호 물어보면 어떻게 하랬지."
"눈깔을 찌르고 주먹으로 코를 갈기라고."
"여자라고 봐주기 없다."

"나 너한테 잡혀 가라고? 경찰 아저씨한테 잡혀 가라고?"

"야, 그거 섹시하다. 경찰 아저씨라고 다시 해봐."

"변태야."

"그건 인정한다."

"이안아. 나 군대 갈 때 너 얼마나 울었는지 기억하지."

"…응."

"근데 어땠어. 할 만했지?"

"응."

"이번에도 괜찮을 거야, 우리."

"……."

"너 복학하면, 우리 같이 살자."

이호수가 진지한 눈을 하고 내 손등에 입을 맞췄다. 짧게 외출을 나온 터라 기동복을 입은 채여서 화들짝 놀라 이호수의 뺨을 가볍게 쳤다.

"경찰 아저씨 영장 보내려고 작정했냐."

"미안. 나도 모르게."

나는 이호수의 눈을 들여다보았다. 그렁그렁한 흰자. 확신하는 검은자. 활짝 열린 눈에서 두려움이라고는 찾아볼 수 없었다.

"그래, 그러자."

"정말?"

"응."

이호수가 나와 살고 싶어 하는 이상, 나는 그와 살 수밖에 없었다. 그 애의 손을 잡고서라면 어디든 갈 수 있었다. 끓는 불구덩이에라도 뛰어들 수 있었다.

"나 엄청 더러운데."

"그건 이미 알아."

"집안일도 못해."

"그것도 알아."

"그래도 나랑 살고 싶어?"

"응."

"너 그 말 바꾸면 죽는다."

"응."

"나한테 질리면 죽어."

"네, 경찰 아저씨."

결론부터 말하자면, 우리는 결국 같이 살아보지 못했다. 그러기 전에 헤어졌다.

◇　　　여신님, 잘 지내셨나요. 요즘 뜸했죠. 기말고사를 치느라 바빴습니다. 앞으로도 치러내야 할 시험이 왕창 남았다는 사실이 막막할 때가 있어요. 앞으로 더 잘해야 할 것들이 너무 많아서. 숨이 막힐 때가 있어요. 하지만 방학이 코앞으로 다가왔으니 잠시 해방입니다.

이안이 솔로 앨범 들으셨어요? 덕분에 떡밥이 쏟아져서 요새 너무너무 행복해요. 〈인기가요〉에 꽃 들고 찾아간 이호수를 보면서 『4월 이야기』에서 이안이 공연 때 꽃 들고 앉아 있던 호수 생각을 했어요. 호수 본체도 무대 위로 뛰어올라가 이안이한테 키스하고 싶다는 생각을 했을지. 했겠죠. 오늘도 외칩니다. 호이는 레알이야.

제 친구는 제가 『4월 이야기』를 좋아하는 이유가 외롭기 때문이래요. 사실 저는 제가 외로운지 잘 모르겠어요. 그런데 예전에 여신님도 저에게 외로운지 물어보셨잖아요. 신기했어요. 제 인생에서 저에게 외로운지 물어본 사람은 단 두 명, 그 친구와 여신님이었거든요. 우연인지 모르겠지만 그 애도 팬픽을 써요.

이야기는 사람의 어디에서 오는 걸까요? 친구가 쓴 글을 읽으며 그게 궁금해졌어요. 밝고 농담도 잘하는 친구인데 글이 너무 어두워서 깜짝 놀랐거든요. 여신님도 여신님이 쓰시는 글과는 전혀 다른 사람인가요?

최근에 어떤 계기로 살기 위해 뭔가를 하는 마음에 대해 생각했는데, 저는 그 마음을 잘 모르겠어요. 그게 어떤 건지 궁금해서, 아니 좀 알아야 할 것 같아서 여신님께 물어보고 싶다고 생각했어요. 아무래도 제 친구가 그런 마음으로 살고 있는 것 같거든요. 저한테 아주 중요한 친구입니다. 여신님이 작년 4월 30일 일기에 (이런 걸 일일이 기억하다니 저를 변태라고 하셔도 할 말이 없네요) **눈을 크게 뜨고 살아야 할 이유를 샅샅이 찾으면서 살고 있다.** 고 쓰셨는데 죽음을 유예하며 살아간다는 게 뭔지 조금 설명해주실 수 있을까요.

그러고 보니 학교 운동장 구석에 등나무꽃이 피었는데, 포도송이 같은 꽃을 보면서 여신님 생각을 했어요. 등나무꽃은 피었지만 호이 결혼은 아직이니까 여신님은 살아 있으셔야 해요. 등나무꽃도 예쁘지만 가을 단풍도 예쁘고 겨울 눈꽃도 예쁘니까요. 쓰고 보니 산으로 들로 풍경 사진 찍으러 다니는 저희 할머니 같아졌지만, 진심이에요.

⌐ ◆ 　다잉님, 기말고사 치느라 고생하셨습니다. 저도 십대 때 그런 느낌을 받곤 했어요. 잊고 있었는데 다잉님 덕에 생각났네요. 내게 허락된 무수한 가능성들이 오히려 내 숨을

막는 느낌. 나이가 들면서 어떤 가능성들은 영원히 차단된다는 사실이 슬프기도 한데 또 묘하게 안심이 됩니다. 다잉님께도 차차 그런 안정감이 찾아오기를 바라요.

이안이 솔로 앨범은 흥미롭게 들었어요. 전곡이 자작곡이라니 천재 뮤지션 권이안. 사실 좀 엉성한 곡도 많은데 그것조차 좋더라고요. 초보자의 모습을 보이는 데 대해 부끄러움이 없다는 점도 권이안의 수많은 매력 중 하나니까. 다만 그가 쓴 가사들을 보면서는 조금 걱정이 되기도 했네요. 어둠 속에 확 빠져버리지 않게 잡아주는 사람이 곁에 있었으면 좋겠는데 말이에요. 늘 밝은 사람의 어두운 이면은 봐주는 사람이 잘 없으니까요.

어떤 사람의 창작물은 언제나 그 사람의 일부를 담게 된다고 생각합니다. 저는 멋없게 저를 그대로 드러내는 편인데 그렇지 않은 사람도 많이 있는 것 같더라고요. 하지만 말했듯 이안이나 다잉님의 친구분처럼 밝은 사람에게도 마음의 응답은 있는 법이니까, 그 어둠에 대해 쓰는 것은 이상한 일이 아니라고 생각해요.

다잉님에게 중요한 친구분이 어떤 사람일지 저도 궁금하네요. 그분은 무엇으로 살고 계시려나요. 제 경우엔, 이런 마음이에요. 에스컬레이터를 역주행하는 느낌. 애를 써서 올라가지 않으면 그냥 죽음으로 내려가는, 그런 에스컬레이터 위를 걷고 또 걷는 느낌. 다잉님은 다정한 분이시니까 다잉님이 에스컬레이터 위에서 손을 내밀어주는 사람이 될 수도 있지 않을까 생각해봐요. 등나무꽃을 보고 제 생각을 해주셔서 감사합니다. 살아 있을게요.

다잉님의 친구분이 살기 위해 하시는 일이 그분께 즐거운 일이길 바랍니다. 그러면 계속할 수 있다고 생각해요.

가을

"얘네 이제 떡쳐야 되는 거 아니가?"

나는 목소리를 낮춰 속삭였다. J는 눈을 동그랗게 떴다.
섹스라는 말은 왠지 민망했는데 떡친다는 말은 아무렇지
도 않게 나왔다.

"아니…『피치남』 말이야. 키스는 했으니까……."

"아……. 나는 '씬'은 잘 못 쓰겠더라."

"그래도 팬픽의 꽃은 떡인데."

"『4월 이야기』에도 '씬' 없잖아."

"불리할 때만 갖다 쓰더라."

"아니, 그런 거 읽어본 적 없나? 안 해본 사람이 쓴 게 너무 티나는 '씬'. 읽는 내가 더 민망하다고."

그럼 키스는 해봤다는 소린가? 나는 문득 뇌리를 스치는 불쾌감에 고개를 흔들었다.

"아, '3827시간 동안 키스했다.' 뭐 그런 거."

"어, 그런 거."

우리는 한참 낄낄대고 웃었다. 대화는 방향을 틀어 선호하는 '씬'을 설명하는 형태가 되어갔다. 우리는 섹스를 몰랐지만 '씬'은 알았다. 나름대로의 취향도 있었다. 침대, 소파, 화장실, 자동차, 주방, 욕조, 마룻바닥, 테이블 위, 숲속…… 팬픽 속의 남자들은 어디서든 몸을 겹쳤다. 장소가달라져도 '씬'의 흐름은 대개 비슷했다. 공은 '억눌린 신음소리'를 냈고, 수는 '자지러지는 스팟'을 자극당해 '신음을 참지 못하고 내지르'다가 종래에는 '쾌락에 젖어 엉엉 울었다'. 콘돔을 쓰지 않은 공이 안에 사정하면 수는 '안에서 뜨거운 것이 퍼지는 느낌에 몸을 떨었다'.

"나는 엉덩이 때리는 거 나오면 깨더라."

"맞다. 엉덩이를 왜 때리노. 엄마도 아니고."

"그니까. 사실 생각해보면 후배위도 웃기다. 개 같잖아."

"진짜. 하고 있으면 하나도 안 야하고 웃길 거 같은데."

"야. 완전 대박인 거 생각났다."

"뭔데."

"호수랑 이안이랑 피아노 위에서 하는 거야."

"헐."

"막 '너를 연주할게.' 이러면서."

"소리도 쾅쾅 나고."

"작가 선생님, 부탁드립니다."

"불러주시면 받아 적겠습니다."

결국 우리는 힘을 합쳐 '씬'을 쓰기로 했다. 피아노 치는 팬픽에서 피아노 위 섹스 신을 쓰지 않을 수는 없었으니까. 문제는 우리가 섹스도 해본 적 없고 남자도 아니어서 페니스의 기능과 생김새에 무지하다는 사실이었다. 나름대로 머리를 써서 신체 기관에 대한 묘사는 최대한 생략하고 느낌 중심으로 서술하기로 했다. 사실 느낌에 대해서도 아는 바가 없었지만, 지금까지 읽어온 수많은 팬픽들을 레퍼런스로 동원했다.

우리는 방과 후 마루 카페에서 추수를 앞둔 벼이삭처럼 길게 늘어지는 가을 햇살을 맞으며 테이블 아래로 무릎을 맞대고 소곤소곤 '씬'을 써나갔다. 카페 안의 누구도 우리가 '씬'을 쓰고 있다고는 상상도 못할 거라고 생각하니 킥킥 웃음이 났다.

우리에겐 몇 개의 레퍼토리가 생겼다. 호수가 연탄곡을 치기 시작하는 것을 듣고 나도 그 애의 옆자리에 가서 앉았다. 우리의 손들이 서로의 양손 사이로 들어갔다 나오며 바쁘게 얽혔다. 어느 순간부터 호수는 연주하기를 멈추고 나를 뚫어져라 쳐다보았다. 얼굴에 열이 올랐지만 모르는 체 내 파트를 연주했다. 빠르게 건반을 누르는 손가락 아래로 호수의 손이 지그시 내 허벅지를 눌렀다. 연주를 멈추지 않았다. 결국 호수가 팔을 뻗어 내 손을 제지했다. 음악실은 단숨에 적막에 휩싸였다.

키스부터 할까? 그래야 하지 않을까? 아니면 손을 핥는 거야. 야, 미쳤다. 완전 야하다. 그거다.

호수가 날쌔게 고개를 숙여 아직 건반 위에서 작게 진동하는 손가락에 혀를 갖다 댔다. 내 얼굴에서 눈을 떼지 않으며 혀로 손가락을 구석구석 핥았다. 아랫배가 간질거렸다. 호수는 내 손등에서부터 팔꿈치까지 잘게 입을 맞추며 올라왔다. 나는 더 참지 못하고 호수의 얼굴을 잡아 올려 키스했다. 이제는 능숙하게, 혀가 섞였다. 가쁜 숨소리가 고요한 음악실을 가득 채웠다.

…야, 이거 너무 어렵다. 그냥 대딸 쳐주는 걸로 끝내면 안 돼? 대딸이 뭐고, 대딸이. 안 된다. 여기까지 온 거 끝까지 가야지!

호수의 손이 셔츠 단추를 풀었다. 그 애가 거친 손길로 풀린 셔츠 안을 더듬었다. 나는 용기를 내 호수의 아랫도리에 손을 가져다 댔다. 호수가 흠칫하더니 살짝 몸서리를 쳤다. "하지 마?" 내가 묻자, 호수는 말없이 내 손을 겹쳐 잡더니 계속해서 제 아래를 주무르게 했다. 온

몸의 털이 다 삐쭉 서는 기분이었다.

옷을 다 벗을까? 바지만 벗을까? …바지만 벗자. 변태야.
근데 드로즈랑 팬티랑 뭐가 다른 거야? 몰라. 근데 팬픽에
서는 아무도 팬티 안 입잖아. 다 드로즈 입던데.

호수가 제 바지 버클을 풀고 내 허리를 안아 건반 위에
앉혔다. 쾅. 엉망인 소리가 났다. 내 머릿속에서도 비슷
한 소리가 나는 것 같았다. 흥분으로 시야가 하얘졌다.
호수는 내 바지 버클을 풀더니 드로즈와 함께 한 번에
무릎까지 내렸다. 차가운 공기가 맨살에 와닿자 몸이 절
로 움츠러들었다.

근데 이게 높이가… 가능한가? 야야, 잠깐 와서 서봐. 내
가 이렇게 앉으면… 대충 고추가 여기쯤 붙어 있을 테니까,
음, 맞네. 손가락부터 넣어서 풀어야 되는 거 같더라. 아무
래도 똥구멍이니까. …애널이라고 해줄래?

호수는 씨익 웃더니 내 한쪽 다리를 제 어깨 위로 올렸
다. 둥글고 단단한 손가락이 하나, 둘, 세 개까지 들어와

내 안을 휘저었다. 나는 힘을 빼려고 노력했다. 꿀꺽 침을 삼켰다. "이제… 들어와." "응. 천천히 할게."

야, 이제 더 못 쓰겠다. 그런 게 어딨노! 이제 막 넣는데! 아, 몰라, 몰라. 나는 못 쓰겠다. 니가 쓰든가!

결국 우리는 삽입 이후를 쓰는 데 실패했다. J가 못 쓰겠다고 샤프를 놓아버리니 나로서는 할 수 있는 게 없었다. 우리가 나누는 대화가 J의 손에서 '씬'으로 재탄생할 때 드는 울렁거리는 느낌. 그때는 그게 뭔지 잘 몰랐다. 입이 말랐다. 얼음이 다 녹아 묽어진 카페모카로 목을 축였다. 야, 그래도 잘 썼다. 없는 게 선다! 나는 말했다.

없는 게 선다. 우리가 입버릇처럼 했던 말. 생각해보면 이상했다. 우리는 우리에게 없는 페니스에 대해서는 끝없이 이야기했지만, 정작 우리에게 있는 여성기에 대해서는 약속이나 한 듯이 입을 다물었다. 무려 '씬'을 함께 쓴 나와 J도 마찬가지였다. '씬'이 많은 팬픽을 읽을 때면 자주 자위를 했고 J도 그랬을 테지만 우리는 한 적도 할 수도 없는 가상의 게이 섹스 이야기는 할지언정 그걸 보고 한 실제의 자위에 대해서는 이야기하지 않았다. 귀두와 고환과 전립

선에는 익숙했지만 질과 클리토리스와는 낯을 가렸다. 누구도, 우리조차도, 우리의 몸과 욕망에 대해서는 관심이 없었다. 나중에 알게 된 거지만, 팬픽 속의 '씬'은 현실의 게이 섹스와도 거리가 멀었다. 현실은 섹시하지 않았다. 현실과는 완전히 분리된 섹스만이 안전하게 섹시했다. 누구도 하지 않는 섹스, 할 수 없는 섹스로만 욕망을 표현하고 또 충족할 수 있던 날들이었다.

그날 밤에는 내게 페니스가 달려 있는 꿈을 꿨다. 나는 내 페니스에 매료되어 계속해서 그것을 만졌다. 단단한 핑크빛의 페니스를 만지면 가상의 쾌감이 느껴졌다. 내 옆에는 똑같이 페니스를 달고 있는 J가 있었다. 우리는 서로의 페니스를 손으로 튕기며 장난을 쳤다. 어느 순간부터 나는 호수가 되어 이안에게 내 페니스를 박아넣었다. 이안의 엉덩이 사이로 내 것이 들락거렸다. 페니스에서 감각이 느껴졌다 안 느껴졌다 했다. 그것은 내 몸의 일부 같았다가 또 나와는 아무 관련 없는 원통형의 물체 같기도 했다. 이안이 활자로 으, 아, 읏, 하, 흥, 하고 신음했다. 나는 그 후로도 종종 그런 꿈을 꿨다.

유니버스가 첫 정규 앨범으로 컴백한 시점에는 외고 입

시가 한창이었다. 하지만 나는 온통 유니버스의 컴백에 정신이 팔려 있었다. 티저가 하나둘 공개될 때마다 나와 J는 터질 듯한 가슴으로 서로에게 문자를 쏴댔다. 이안의 티저는 진영과 카디의 뒤를 이어 세 번째로 공개됐다. 쓸쓸한 표정을 한 이안이 먼지 쌓인 피아노 앞에 앉아 있었다. 흑백의 화면 안에서 그의 눈동자만이 오색으로 빛났다. 그는 건반을 몇 개 눌러보다가, 벌떡 일어나 뛰기 시작했다. 헐떡거리며 계단을 오른 이안이 폐건물의 옥상에서 망설임 없이 몸을 던졌다. 영상은 추락하며 눈을 감고 함박웃음을 짓는 이안의 얼굴 클로즈업으로 끝났다. 티저 영상에 대한 각종 해석이 물밀듯 쏟아져 나왔다. 나와 J도 머리를 맞대고 새 앨범 콘셉트를 짐작하며 시간을 보냈다. 마침내 공개된 타이틀곡 〈Fallin' for You〉는 강한 비트의 댄스곡으로 온몸을 던져 추락하는 사랑에 대한 노래였다. 유니버스의 이전 곡들에 비해 대중적인 스타일. 쉽사리 음원 차트 1위를 차지한 유니버스를 보며 그들이 나만의 가수였으면 좋겠다는 아쉬움과 드디어 1위 가수의 팬이 되었다는 뿌듯함이 번갈아 스쳤다.

Fallin' Fallin' Fallin' for you

저 아래 너를 향해

후회 없는 점프

끝이 없는 추락

팬픽을 읽고 가요를 들으면 사랑 과잉의 시대에 살고 있
는 것처럼 느껴졌다. 모두가 오로지 사랑, 사랑, 사랑 이야
기뿐이었고 나는 거기에 취해 있었다. 어른이 되자마자, 내
삶의 본론이 시작되자마자 꼭 대단한 사랑을 하리라고 다
짐했다.

"조영은이 축제 때 〈Fallin' for You〉 춤 추자는데 니도
같이 할래?"

어느 날의 하굣길에 J가 물었다. 나는 말의 내용보다도
'조영은'이라는 이름에 더 민감하게 반응했다.

"조영은이랑 싸운 거 아니었나?"
"아니? 안 싸웠는데?"
"아, 그래?"

그러니까 둘은 아직 같이 팀을 짜서 축제 무대에 설 수 있을 만큼 친한 거였다. 왠지 뒤통수를 맞은 느낌이었다. J는 항상 나와 붙어 있었는데, 둘이 언제 그런 이야기까지 한 걸까. 당연히 J에게 그런 걸 물어볼 수는 없었다. J에게 할 수 없는 질문들이 점점 늘어가고 있었다.

"할 거냐고."
"아니."

그건 투정이기도 했지만 본질적으로 진심이었다. 유니버스의 무대는 그 자체로 완벽했다. 우리가 아무리 잘해봤자 그것의 열화 버전밖에는 안 될 텐데, 굳이 사서 부끄러울 짓을 하고 싶지는 않았다. 그리고 유니버스를 사랑하는 마음과는 별개로, 축제에서 남자 아이돌 곡에 맞춰 춤을 추는 일은 조금 망설여졌다. 나는 '그런 부류'가 아니었으니까. 아니어야 했으니까.

J는 내 거절을 별로 서운해하지 않았고 나는 그 사실이 못내 서운했다. 서운한 내가 낯설게 느껴져 괜히 J에게 땍땍댔다. J는 '앙탈수' 주다인이 또 앙탈을 부린다며 나를 귀여워했다. 조영은과 J의 댄스팀에는 머리가 짧은 '그런 부

류'의 다른 애 한 명과 두 명의 보통 애들이 합류했다. 전교에 안드로메다는 나와 J뿐인 줄 알았는데 아닌 모양이었다. 이상하게도 같은 안드로메다인 그 애들과 별로 친해지고 싶은 마음이 들지 않았다. 나는 J로 충분했다. 우리 둘의 유니버스, 그 견고한 우주에서 나는 안정감을 느꼈다. 조영은과 다른 애들이 침입자처럼 느껴질 만큼. 조영은도 이안을 좋아한다는 말을 들었을 때는 정말로 기분이 나빴다. 이안을 좋아하는 게 아니라 이안을 좋아하는 J를 좋아하는 것 같아서 그랬다.

이제 J는 일주일에 두 번만 나와 하교했고, 나머지 날들에는 학교에 남아 그 애들과 춤 연습을 했다. 혼자 걷는 하굣길이 그렇게 길고 심심하게 느껴질 수가 없었다. J를 만나기 전에는 2년 동안이나 혼자 집에 갔는데, 이상한 일이었다. 나는 J로 충분했지만, J는 나로 충분하지 않았을지도 모른다는 생각이 들었다. 물론 J는 여전히 쉬는 시간마다 나를 무릎에 앉혔고 같이 있을 때면 쉴 새 없이 뽀뽀를 퍼부었지만, 어딘가 부족했다. 그 애가 내게서 멀어지고 있다는 느낌이 나를 울적하게 했다. 그냥 같이 하겠다고 할걸, 나는 후회했다. 스스로 이해하기 힘들 정도로 조영은이 미웠다. 종국에는 〈Fallin' for You〉를 듣기만 해도 짜증이 나서 무대 영상을 찾아보는 것도 관뒀다. 일자별로 멤버들 각각의 인상착의를 줄줄 읊을 수 있을 만큼 유니버스 영상을 돌려 보던 나인데. 별일이었다.

나는 J 몰래 그 애를 위한 플래카드를 만들었다. 멋진 문구를 고안하고 싶었지만 생각이 잘 안 나서 '절대강공 J'로 했다. 나로서는 꽤 과감한 문구였다. 콘서트 같은 데엔 가본 적이 없어서 플래카드도 만들어본 적이 없었기 때문에 다른 아이돌을 좋아하는 같은 반 애의 도움을 받았다. 중앙문구사에서 산 시트지를 커터칼로 잘라 가며 플래카드를 만들고 있자니 정말로 J의 여자친구라도 된 것 같았다. 그 생각이 불쾌하지 않아서 놀라웠다. 그즈음에는 내 감정에 내가 놀라는 일이 잦았다.

공연이 있던 축제 당일 J는 아침부터 연습과 헤어, 메이크업을 하기 위해 사라졌고, 나는 하릴없이 책을 읽다가 별로 친하지도 않은 애들과 어울려 강당으로 향했다. J의 무대는 2부 세 번째였다. 시원찮은 솜씨의 공연들을 보는 내내 J 생각을 했다. 잘하기를 바라다가도 또 너무 잘하지는 않았으면 하는 마음이 번갈아 스쳐 속이 시끄러웠다. 따끔거리는 뱃속을 진정시키며 기다린 끝에 J의 순서가 왔다. 이안 역할의 J가 센터에 서 있었다. 익숙한 전주가 흘렀고,

그 애가 조명을 받아 환하게 빛났다. 무릎이 찢어진 블랙진이 근육질인 J의 다리와 잘 어울렸다. 나는 조금 소심하게 플래카드를 흔들고 적당히 환호했다. 절도 있는 동작으로 복잡한 동선을 헛발질 없이 밟아내는 J를 눈으로 좇았다. 아주 뛰어나다고는 할 수 없어도 나쁘지 않은 무대였고, 특히 J가 잘했다. 그렇게 말해주고 싶었다.

축제를 마저 감상하고, 함께 공연한 애들과 앉아서 놀고 있는 J에게 다가갔다. 나 어땠느냐고 묻는 J의 눈동자가 지나치게 반짝거린다고 생각했다. 잘하더라. 나는 짧게 대답했다. 가까이서 보니 은빛이 도는 눈 화장이 잘 보였다. 예뻤다. 나는 J에게 플래카드를 넘겨주었다. "이런 걸 언제 준비했노!" J는 내 손을 잡고 흔들었다. 그때 사복을 입고 화장을 한 '노는 애들'이 J를 에워쌌다. 나는 J와 그 애들 사이에 애매하게 선 채로 '노는 애들'이 앞다투어 J와 사진을 찍고 "야, 나 니랑 사귈래!" 같은 말들로 그 애를 찬양하는 소리를 들었다. 그 애를 조금도 모르면서, 그 애가 최종적인 형태의 구원은 결국 좋은 죽음이라고 생각한다는 사실도 모르면서, J와 사귀니 마니 하는 게 꼴같잖았지만, '노는 애들'은 예뻤고 J가 없으면 왕따나 다름없는 나와 비교할 수 없을 만큼 인기도 많았으므로 나는 J의 손목을 붙잡고 소유권을 주장하는 대신 슬쩍 빠져주었다. J가 아니라 공연을 볼 때 같이 앉았던 애들과 함께 밥을 먹으러 갔다. 그래도 집엔 J와 같이 갔다. J가 그러자고 했기 때문이다. 오늘을 기점으로 모든 게 바뀌어버릴 거라는 근거 없는 공포감이 조금 사그라졌다.

"공연 별로였나?"

"어? 아니? 잘했다니까?"

"아닌데. 반응이 시원찮은데."

"아니라니까 진짜."

"밥도 지 혼자 홀랑 먹으러 가버리고."

"니 바빠 보여서 그랬지."

"뭐가 바쁘노. 다 끝났는데."

"아이 참, 말 많네. 잘했다. 반했다. 됐제?"

"반했나?"

J가 걷다가 멈춰 서서 깔깔 웃었다. 나는 괜히 민망해서 J의 어깨를 퍽퍽 쳤다. 우리는 발을 맞춰 걸었다. 주공아파트를 지나 우리 집 앞 버스 정류장까지. 은색 눈화장을 지우지 않은 J는 집에 가는 내내 화장이 반쯤 지워진 얼굴을

들이밀며 반했나? 반했제? 하며 장난을 쳤고, 나는 그때마다 J를 때렸다.

축제 이후 J에게는 몇 명의 팬이 생겼다. 주로 1, 2학년 후배들이었다. 그 애들은 쉬는 시간이나 점심시간에, 아니면 학교가 끝나고 찾아와서 바나나우유나 케로로빵을 전해주곤 했다. 가끔은 쪽지가 동봉되어 있기도 했다. 선배, 오늘도 힘내세요! 시시하고 귀여운 문구가 적힌 것들이었다. 한번은 점심시간에 학교를 탈출해 이삭토스트에 갔는데 J의 팬 중 한 명이 우리 몫의 토스트 값을 계산한 적도 있었다. 나는 유명인이 된 J를 놀리느라 바빴다. 야, 얘네 진짜 니보고 사귀자고 하는 거 아니가? 얘네 니 여자인 건 알제? J가 소소하게 유명해지는 바람에 우리가 우리 학교 대표 '레즈 커플'이 되어버렸다는 사실을 당시의 나는 몰랐다. 알았어도 웃어넘겼을 것이다. 조금쯤 기뻤을지도 모른다. '레즈'가 되기는 싫었지만 '노는 애들'을 제치고, 조영은도 제치고, 바로 내가, J와 한 세트로 묶이는 건 좋았으니까. 이러다 말겠지. J는 스스로에게 되뇌듯 말했고, 솔직히 나도 그렇게 생각했지만, 그 애들은 우리가 졸업할 때까지 꾸준히 찾아왔다.

내게 J는 언제나 나와 같은 자리에서 별을 보는 사람이었다. 그런 J가 누군가에게는 별처럼 보일 수 있다는 사실을 그때 알았다. 그 애가 내는 빛을 알아보는 사람들이 있다는 사실이 나를 조금 쓸쓸하게 했다. 그건 쓸쓸함에 일가견이 있는 나조차 전에 경험한 적 없는, 새로운 종류의 쓸쓸함이었다.

축제 후에는 백일장이 있었다.

그전 해까지 J는 백일장에 나갈 엄두를 내지 못했으나 그해에는 거의 윽박지름에 가까운 나의 응원에 힘입어 처음으로 참가를 결심했다. 팬픽이 아닌 글은 처음 써본다는 그 애에게 나는 무작정 용기를 불어넣었다. "이 학교에 니보다 글 잘 쓰는 사람 절대 없다. 내가 알잖아." 풍선처럼 부푼 그 애는 다른 참가자들과 함께 방과 후 1층 과학실에 모여 두 시간 동안 단편소설을 썼다. 나는 문 앞까지 따라가 J를 응원했다. 흘깃 넘겨다보니 참가자 중에는 조영은도 있었는데, 나는 그 사실이 신경 쓰였지만 딱히 그럴 이유가 없었으므로 마음을 가라앉히려 했다. 다시 교실로 돌아가 책을 읽으며 J를 기다렸다. 적막한 오후의 햇살이 모두가 떠난 학교를 덮었다. 눈이 감기는 걸 어쩌지 못하고 잠이 들었다가 일어나보니 앞자리에 J가 앉아 있었다.

"야, 왔으면 깨우지."

"방금 왔다."

J의 말과는 달리 그때는 백일장이 끝나고도 한 시간이 더 지났을 시각이었지만 나는 모르는 체 넘어갔다. 그때의 J는 꼭 들키기를 바라는 것처럼 허술한 거짓말을 하곤 했으니까.

"주제 뭐 나왔어?"

"춤."

"오. 무슨 이야기 썼는데?"

"집에 가면서 얘기해줄게."

나는 군말 없이 가방을 챙겨 들었다. 우리는 붉게 익은 햇빛을 맞으며 주공아파트를 지나 우리 집 앞 버스정류장까지 걸었다. 익숙한 걸음. 발이 알아서 길을 찾아갔다.

"처음엔 엄청 막막했거든. 원래 나는 소재를 정하는 데 시간을 많이 쓴단 말이야."

"어."

"근데 빨리 생각을 해야 되잖아. 그래서 제일 쉬운 방법이 뭘까 생각해봤지."

"뭔데."

"춤을 추면 안 되는 사람이랑 춤을 출 수 없는 사람을 붙여서 같이 춤추게 하는 거야."

"오. 벌써 재밌다."

J가 쓴 소설의 제목은 '한밤의 댄스'. 그것은 유니버스의 노래 제목이기도 했다. 그 사실이 나와 J만 알아들을 수 있는 작은 농담처럼 느껴져 기분이 좋았다.

「한밤의 댄스」는 초능력자들을 모아놓은 수용소를 배경으로 한다. 한 소년이 등장한다. 유니버스의 메인 댄서, 진영에게서 영감을 얻은 캐릭터였다. 신들린 듯 춤을 잘 추지만 마치 세이렌처럼, 그가 춤을 추면 그것을 본 사람들은 죽게 된다. 춤을 추면 안 되는 사람. 소녀도 등장한다. 빛을 다루는 초능력을 가졌고, 어릴 때 사고를 당해 휠체어를 탄다. 춤을 출 수 없는 사람. 소녀는 수용소 안의 삶에서 의미를 찾지 못하고 우울해한다. 소년은 소녀에게 첫눈에 반한다. 이 대목에서 나는 불만을 표출했다.

"첫눈에 반하는 거 없다매!"

"그게, 빠르게 쓸라니까……."

J는 뒷머리를 긁적였다.

여하튼 소년은 소녀에게 첫눈에 반한다. 소녀는 소년에게 자신의 앞에서 춤을 춰달라고 한다. 소녀는 죽고 싶었기 때문이다. 소년은 소녀의 부탁을 들어주는 대신 한 가지 조건을 건다. 죽기 전 한 달 동안만 자신에게 춤을 배우라는 것이었다. 소년은 소녀에게 휠체어를 타고도 출 수 있는 춤을 가르치며 몰래 수용소를 탈출할 계획을 세운다. 결전의 날 밤, 소년은 소녀의 눈을 가린 뒤 휠체어를 밀고 달리기 시작한다. "날 믿지?" 소년은 묻고, 태어나서 누구도 믿어본 적이 없는 소녀가 "응." 하고 대답한다. 소녀도 소년을 사랑하게 되었기 때문이다. 소녀는 소년을 완전히 믿고 그가 하자는 대로 한다. 소녀가 빛을 모아 소년에게 스포트라이트를 비춘다. 경비원들이 둘을 잡기 위해 몰려들자 둘은 춤을 춘다. 소년의 발과 소녀가 탄 휠체어의 바퀴가 앞서거니 뒤서거니 박자를 맞춘다. 경비원들이 추풍낙엽처럼 쓰러진다. 둘은 탈출에 성공한다. 처음 경험하는 수용소 밖 세상에서 소녀는 눈을 가리던 천을 풀어낸다. 끝.

플롯에 구멍이 많다는 사실은 곧바로 알 수 있었지만, 분위기를 글로 표현하는 데 소질이 있는 J가 쓴 탈출 장면이 무척 근사하리라는 생각이 들어 마음이 두근거렸다. "대상은 따놓은 당상이다!" 나는 호들갑을 떨었다. 대상 수상 작품은 도서실 앞에 걸어 두도록 되어 있었기 때문에, 곧 「한밤의 댄스」를 읽을 수 있을 거라는 기대에 가슴이 부풀었다. J는 '춤'이라는 주제를 본 순간부터 진영을 떠올렸고 진권 이야기를 구상했는데 백일장에서 팬픽을 쓰면 안 되니까 아쉬운 대로 이안을 소녀로 바꿨다고 했다. 그렇지, 백일장에서 팬픽을 쓰면 안 되지. 나는 생각했다. 그런데 왜? 왜 안 되지?

J는 백일장에서 금상을 탔다. 말이 금상이지, 소설 부문에 응모한 사람이 다섯 명밖에 안 됐기 때문에 다섯 명 중에 2등을 한 거였다. 대상은 6반의 웬 남자애한테 돌아갔다. 나는 그 애를 알았다. 내가 전교 1등이었고, 걔는 전교 2등이었으니까. 나는 도서실 앞에서 대상 수상작을 읽어보고 분통을 터뜨렸다. 그 애가 쓴 소설은 말도 안 되게 유치했다. 착한 주인공이 악당과 맞붙어 댄스 배틀을 벌여서 사랑하는 여인을 구출하는 이야기였다. 사랑 이야기인데 낭

만이 없었다. 문제도 유치했다. "무협소설 나부랭이나 읽던 티 난다!" 내가 씩씩거리며 말하자 J는 가라앉은 목소리로 말했다. "나도 팬픽 나부랭이나 읽는데 뭐."

　J는 대상 수상작을 읽어보지 않았다. 나는 차라리 J가 그 글을 읽었으면 했다. 그러면 그 애도 이게 얼마나 부당한 일인지 느낄 텐데. J가 도저히 내 편을 들어줄 기미를 보이지 않아 나는 엄마에게 이 이야기를 전했다. 엄마는 그럴듯한 가설을 제기했다. 교내 상을 하나라도 더 타야 특목고 입시에 유리하니까, 어차피 특목고에 안 갈 J가 아니라 전교 2등짜리 남자애에게 대상을 안겨줬다는 거였다. 그렇잖아도 금이 가고 있었던 무언가가 완전히 깨지는 소리가 들렸다. 그러면 안 되는 거잖아요. 그러면 안 되는 거 아니에요? 엄마는 태연했다. 니도 그런 식으로 탄 상, 몇 개 있을걸. 나는 충격에 휩싸였다. 다 한통속이었어? J에게도 이 이야기를 하고 싶었지만 그랬다가 J의 미움을 살까 봐 걱정이 되었다. 이 일을 문제 삼았을 때, 내가 수상한 수많은 상들을 반납하라고 하면, 나는 그럴 수 있을까? 세상 물정 모르고 J에게 헛된 희망을 불어넣은 게 면구스러워 견딜 수가 없었다. 학교에서 내내 J의 눈치를 봤다.

　돌이켜보면 그 애는 나보다 많이 알았다. J에게 기울어지지 않은 우리 엄마도 쉽게 맞힐 만큼 빤히 보이는 작당이었으니 J의 머릿속에도 그런 생각이 스치지 않았을 리 없었다. 처음부터 알고 있었을지도 몰랐다. 그럼에도 불구하고 백일장에 나간 그 애의 마음에 대해 생각했다. '실업계 가면 작가 못 되는 거 아닌가?' J의 말이 머릿속에 맴돌았다. 그 애가 작가가 될 수 없도록 하는 어떤 힘에 대해 생각했다. 마음에 둥그런 한숨이 고였다.

J는 더 이상 『피치남』을 쓰지 않았다. 나는 몇 번 J를 독촉하다가 이내 포기했다. 나에게는 그럴 자격이 없다는 생각이 들었으니까. 호수와 이안의 이야기는 피아노 위에서 섹스를 하려다 삽입하지 못한 채로 끝나버렸다. 그들이 멋진 섹스를 했기를, 그리고 그날 집에 가서 잘 씻고 푹 잤기를, 그 뒤로도 서로와 함께 행복했기를 바랐다.

살기 위해 글을 쓰는 J. J여신이 뭐라고 했더라. **다잉님의 친구분이 살기 위해 하시는 일이 그분께 즐거운 일이길 바랍니다. 그러면 계속할 수 있다고 생각해요.** 내가 J에게 글 쓰는 일을 즐겁지 않은 일로 만들어버린 건 아닐까. 그래서 J가 자신을 살게 하는 글쓰기를 계속할 수 없게 만들어버린 건 아닐까. 에스컬레이터 위에서 손을 내밀려다가 그만 그 애를 밀어버린 건 아닐까. 그런 걱정을 했다.

4월 이야기

(5) 이별 이야기 1

내가 수경으로 진급한 시점, 새로 후임이 하나 들어왔다. 이경 김승수. 순정만화에서 뛰쳐나온 것같이 생겨서는, 지나가던 청장이 자네는 누군가? 정말 잘생겼네, 하고 간 일화로 유명했다. 나와 동갑이었지만 까마득한 후임이었으니 녀석은 나와 눈도 못 마주쳤다. 나와 녀석이 독대할 일은 없었다. 어느 날 그 자식이 태연한 얼굴로 권이안 수경님, 여자친구가 남자 맞죠? 하고 묻기 전까지는.

입대 초부터 전화를 쓸 수 있는 시간마다 이호수와 통화를 했으니 애인이 있다는 사실을 숨기기는 어려웠다. 선임들이 꼬치꼬치 캐묻는 통에 거짓말을 지어내는 데도 한계가 있어서 고등학생 때부터 사귄 사람이 있다고 이실직고했더니 졸지에 부대에서 제일 오래 사귄 여자친구가 있는 사람이 되어 선임들의 연애상담을 도맡아 하게 됐다. 여자랑 연애를 해보기는커녕 손을 잡아본 것도 초등학생 때가 마지막이어서 이성애자들의 연애 고민에 적당한 답을 들려주느라 진땀을 뺐다. 짬이 차고 나서는 억지로 연애 이야기를 하지 않아도 됐지만, 내 연애는 여전히 심심할 만하면 도마 위에 오르는 화젯거리였다. 못하는 거짓말을 하느라 전전긍긍하며 보낸 기간을 뒤로하고 들키는 일 없이 전역할 거라고 확신하던 시점. 김승수가 내 '여자친구'의 실체를 눈치채고야 만 것이었다.

"너… 뭐라고 했냐?"
"이름도 압니다. 이호수. 그때 면회 왔던. 키 작고 잘생긴 남자. 대학 동기라는. 아닙니까?"

무릎이 탁 꺾이는 것 같았다. 나는 다짜고짜 녀석의 멱살을 틀어쥐었다. 호리호리한 녀석이 휘청, 하며 굽어져 끌려왔다. 이대로 아웃팅당한다면. 그렇잖아도 폭력이 난무하는 조직 안에서 내가 게이라는 사실이 밝혀진다면.

"너 미쳤어?"
"협박하는 거 아닙니다."
"그럼 뭔데."
"반가워서 그렇습니다."
"……."

"저도 게이라서요."

나는 화끈거리는 눈으로 김승수를 노려보았다. 녀석은
멱살을 잡히고도 빙글빙글 웃었다. 내 입으로 인정하는 거
나 다름없는 짓을 해버렸다. 후회가 밀려왔다. 이호수란
이름을 듣자마자 정신이 나가가지고. 미쳐가지고.

"화내지 마십시오."
"······."
"화내니까 귀엽습니다."

나는 힘을 실어 녀석의 멱살을 놓았다. 녀석이 바닥에
패대기쳐졌다.

"입 잘못 놀렸다간."
"아이, 협박하는 거 아니라니까요."
"다나까."
"아니라니까."
"미쳤냐?"

김승수는 여전히 웃는 얼굴이었다. 같은 게이 예쁘게 봐주시지 말입니다. 나는 불안감에 떨리는 호흡을 다잡고 녀석을 뒤로한 채 걸었다.

하지만 정말로 협박이 아니었던 모양인지, 김승수는 내게 부쩍 치대는 것 말고는 별다른 움직임을 보이지 않았다. 그래도 이호수의 신상이라는 치명적 약점이 잡혀 있으니 쉽사리 마음을 놓기는 어려웠다. 나는 이호수의 방문을 원천 봉쇄했다. 외출을 나가서도 서에서 버스로 족히 삼십 분은 떨어진 곳에서만 이호수를 만났다가 혼자 복귀했다. 그러는 이유는 알리지 않았다. 내 공포를 전염시키고 싶지 않았고, 복학을 앞두고 바쁜 녀석을 귀찮게 하고 싶지 않았다. 그렇잖아도 민간인에게 군인 애인은 귀찮은 존재일 테니까. 우리 이제 좀 조심하자. 그냥 그렇게 말했다. 나잇값 해야지. 사랑에 눈이 멀어서 세상에 둘만 있는 것처럼 굴 시점은 지났지. 이호수는 조금 서운해하다가 이내 납득했다. 그래, 네가 원하는 게 그거라면.

이호수는 복학을 했다. 자연스레 만남이 줄었다. 불안해하지 않으려고 노력했다. 김승수가 누구에게도 나의 비밀을 발설하지 않을 것임이 확실해지자 나는 서서히 마음을 놓았고, 묘하게 김승수와 가까워지기까지 했다. 우리는 똑 떨어지는 선후임도, 그렇다고 일반적인 동갑내기 친구도 아닌 이상한 관계였다. 나는 반말을 했고, 김승수는 헐렁헐렁한 존댓말을 썼다. 나는 나나 이호수 말고 다른 게이를 만난 게 처음이어서 궁금한 게 많았고, 나와 동갑인데도 연애며 원나잇이며 게이 커뮤니티 안에서 구를 만치 굴려본 김승수에게는 흥미로운 이야깃거리가 많았다. 이호수가 복학한 뒤로 정기외출 시마다 만나기는 어려워졌기 때문에, 나는 몇 번의 외출 시간을 김승수와 보냈다. 녀석에게서 담배를 배웠다. 굴뚝처럼 담배를 피워대는 녀석과 놀다 보니까 그렇게 됐다. 유명 게이클럽과 게이 바 이름에 익숙해졌다. 인터넷으로 만난 사람과 하룻밤을 보내는 일이 흔하다는 걸 알게 됐다. 권이안 수경님은 내가 아는 게이 중에 제일 운이 좋아요. 김승수는 담배를 피우며 말했다. 나도 알아, 나는 꽁초를 짓이기며 대답했다.

이호수와 헤어지게 된다면. 그럴 일은 없겠지만. 만에 하나 그런 일이 생긴다면. 나는 어떤 식으로 살아가야 할지에 대해 생각했다. 이호수가 날 게이로 만든 이상, 게이로 살아야 했으니까.

이호수와 헤어질 가능성. 그것에 대해 생각하기 시작

하자 멈출 수가 없었다. 이호수 때문은 아니었다. 그의 복학 후 만남이 뜸해진 건 사실이었지만 우리의 사랑은 건재했다. 여전히 온 마음을 다해 그를 사랑했다. 이호수도 나를 사랑한다는 걸 알았다. 사랑의 문제가 아니었다. 말하자면 스케일의 문제였다. 우리 두 사람 밖의 세계가 있다는 것을 알아버린 거였다. 이호수가 아닌 권이안, 권이안이 아닌 이호수를 상상할 수 있게 되어버린 것이었다. 그 상상은 고통스러운 만큼이나 중독성 있었다. 상처 위에 앉은 피딱지를 떼는 어린애 같은 마음으로, 나는 이호수와의 이별에 대해 생각했다. 녀석이 나를 버려도, 나는 죽지 않을 거라는 사실. 그 사실이 참을 수 없이 외로우면서도 괴상한 위로가 되었다.

오랜만에 이호수를 만나 그의 자취방에서 긴 섹스를 했다. 숨을 고르며 누워 있다가, 나는 문득 물었다. 섹스 내내, 아니 사실 요 며칠 내내 머릿속을 두드리던 생각들.

"호수야."
"응."
"넌 나랑 만나기 전에 누구 사귄 적 있어?"

"사귀었다고까지 하기엔 애매한데. 너무 어릴 때여서."

"남자였어?"

"여자였어."

"난 네가 처음인데."

"나도 네가 처음이야."

"방금 여자 사귀었대놓고."

"고1 때 한 달인가 사귀었다. 그게 연애냐."

"손 잡았어? 키스했어?"

"왜 이럴까, 오늘."

"호수야."

"응."

"넌… 나랑 헤어지면, 다시 여자 만날 거야? 아님 계속 남자 만날 거야?"

이호수는 뺨이라도 맞은 것 같은 얼굴을 했다.

"그게 무슨 말이야."

"그냥 만약에… 말이야."

"너랑 안 헤어져. 그런 거 생각해본 적 없어."

"사람 일 모르는 거잖아."

"내가 뭐 잘못했어? 오늘 아팠어? 무섭게 왜 그래."

"아니. 헤어진다는 게 아니라…… 그럼 이렇게 생각해봐. 내가 죽었다고 생각해봐. 그럼 어떡할 거야?"

"평생 너만 그리워하다 죽을 거야. 그러니까 죽지 마, 나 죽기 전엔."

"아이 참……."

나는 답답해서 한숨을 쉬었다.

"나는, 네가 날 게이로 만들었다고 생각해. 그러니까 나는 이제 게이라고."

"나도 게이야. 너랑 사귀잖아."

"그래? 내가 널 게이로 만들었어?"

"그렇게 생각해본 적은 없는데."

"게이는 아닌데 날 좋아하는 거야?"

"그건 모르겠고… 그냥 널 사랑해. 내가 뭔지는 잘 모르겠어. 확실한 건 너 없이 못 산다는 거야. 나는 그냥, 권이안이야."

이호수가 간절한 얼굴을 하고 어린 짐승처럼 내 품을

파고들었다. 땀에 젖은 알몸에서 옅은 풀 냄새가 났다. 그를 끌어안으며 내가 아닌 이호수를 상상했다. 그에게서는 여전히 풀 냄새가 났다. 여전히 아름다웠다.

(6) 이별 이야기 2

중간고사 기간이 되자 이호수는 얼굴에 근심을 주렁주렁 매달았다. 군대 갔다 왔더니 바보가 된 것 같다고 했다. 내가 아는 이호수는 공부 때문에 고민하는 적이 없었는데, 심지어 수능 직전에도 여유로웠는데, 본 전공에 교직이수까지 하면서 학점 관리하기가 녹록지 않은 모양이었다. 우리 호수, 시험 망해도 돼. 아니 선생 못 돼도 돼. 형이 먹여 살릴게. 나는 능청을 떨었다. 할 줄 아는 게 그것밖에 없었으니까. 사실은 나야말로 바보가 된 기분이었다. 내가 김승수한테 담배나 배우는 동안 이호수는 착실히 어른이 되어가고 있었다.

"나랑 잘래요?"

"너 미쳤어?"

"왜요. 이호수를 그렇게 사랑한다면서. 나한테 흔들릴까 봐 겁나요?"

"개소리 작작 해라."

"이호수가 아닌 게이랑 자보고 싶지 않아요? 수경님이 정말 게이인지, 확인해보고 싶지 않느냐고요."

"어."

"좋다고?"

"싫다고. 새끼야. 야, 너 앞으로 나한테 말 걸지 마. 처맞기 싫으면."

김승수와 외출했다가 말도 안 되는 제안을 듣고 말았다. 내심 예상했던 일이라 기분이 더 좆같았다. 변함없이 웃는 낯의 김승수를 카페에 내버려두고 나와서 이호수에게 전화를 걸었다. 그가 필요했다. 평소보다 오래 기다리게 한 끝에, 이호수가 전화를 받았다.

'응, 이안아.'

"지금 어디야?"

'나 학교지. 시험 기간인데 어디겠어.'

"보고 싶어. 지금 볼 수 있어?"

'……오늘은 안 보기로 했잖아.'

"너무 보고 싶어서 그래."

'나도 보고 싶어. 근데 나 오늘은 진짜 공부해야 돼. 시험 끝나면 바로 보자.'

"시험 끝나려면 2주나 남았잖아."

'이안아. 나도 힘들어.'

"정말 안 돼……?"

'무슨 일 있어?'

무슨 일, 있지. 무슨 일이 있냐면, 후임이 섹스하재. 걔가 갑자기 왜 그런 말을 했냐면, 사실 갑자기가 아니었거든. 나도 알고 있었거든. 기다리고 있었는지도 모르겠어. 호수야. 너는 너무 완벽한데, 나는 한없이 모자란 것 같아. 내가 누군지 모르겠어. 나한텐 너밖에 없는데, 네가 나를 떠나도 세상은 망하지 않을 것 같아. 네가 없이도 살 수 있을 것 같아. 나는 누구야? 내 사랑은 뭐야? 우리의 사랑이 내 세계가 될 수 없다면, 우리는 왜 함께여야 하지?

"아니. 아무 일 없어."

'2주만 기다려.'

"나 사랑해……?"

'그런 말이 어딨어.'

사랑한다고 해야지, 바보야.

"요새 넌 나보다 학점이 중요한 사람 같애."

'이안아. 전에 말했잖아. 네가 하고 싶은 거 할 수 있게, 나는 안정적인 직업 갖고 싶어. 네 옆에서 너 사랑하면서, 너 행복한 모습 보고 싶어서 그래. 왜 이해 못해줘.'

"내가 평생 철없이 내 좋대로 살 거 같아? 너한테 짐이나 될 존재라는 거야?"

'그런 말이 아니잖아. 너 너무 흥분했어.'

"당장 내 옆에 좀 있어달라잖아."

'이제는 미래 생각도 해야지. 너도 나이 생각하자며.'

"······좋겠다, 너한텐 미래가 보여서. 내 눈엔 그게 안 보인다."

'이안아.'

"끊어."

나도 알았다. '철없이 내 좋대로' 행동하고 있었다. 억지를 쓰고 있었다. 끝까지 침착한 태도를 유지하는 이호수가 미웠다. 실은 못난 내가 미웠다. 우주에서 제일 멋진 남자를 애인으로 두고도 이렇게밖에 못하는 내가 싫었다.

서로 복귀하기 직전 이호수에게서 전화가 왔다. 받지 않았더니 문자가 왔다.

[미안해. 너한테 그런 생각 들게 하면 안 되는 거였어. 너 이제 복귀해야 되니까 오늘은 못 만나고 다음 외출 때 만나자. 하루 종일 같이 있자. 나한텐 네가 제일 중요해, 알지. 사랑해.]

왈칵 눈물이 났다. 아마도 내 사랑이 너무 못나서.

[아니야 내가 예민했어 2주 기다릴 수 있어]
[아니야. 만나자.]
[정말 괜찮아 내가 더 미안해 너 군에 있을 때는 몇 달도 기다렸잖아 나 괜찮아 사랑하는 거 알아 나도 사랑해]
[미안해, 정말. 보고 싶어. 사랑해.]
[응 나도 사랑해]

당연한 수순처럼 김승수와 잤다. 이호수와 싸운 다음 주 외출에서였다. 술은 한 방울도 마시지 않았고, 온전히 내 의지였다. 김승수는 잘했다. 이호수와는 완전히 다른 방식으로. 온몸으로 이호수 아닌 세계를 확인했다. 이호수가 아니어도, 나는 나였다. 여전히 이호수를 사랑하는 나였다. 끔찍하게도.

Chapter 3. 가을

이호수의 시험이 끝나기 전 김승수와 두 번 더 잤다. 하필 녀석의 시험이 끝난 당일 외출하게 되었다. 오늘은 쉬고 다음 주 외출에서 만나도 된다고 몇 번이나 말했는데, 이호수는 강경했다. 더 못 보면 죽을 것 같아. 이호수가 죽는 건 싫었으니까, 그를 만나러 나갔다. 내가 학교 근처로 갔다. 피곤한 기색을 숨기지 못하는 이호수는 살이 빠져 해쓱해져 있었다. 그 모습을 보니 마음이 아팠다. 내 살을 떼어줄 수 있다면 그러고 싶었다. 너 보니까 살 것 같아. 그가 나를 끌어안고 말했다. 녀석에게 고기를 사 먹였다. 그는 먹는 둥 마는 둥 하며 내 얼굴을 살피기에 바빴다. 밥을 다 먹고 나서, 이호수는 자취방으로 나를 이끌었다. 하자. 하고 싶어. 그가 불안해하는 게 느껴졌다. 너 피곤하잖아. 오늘은 하지 말자. 나는 이호수의 아름다운 얼굴을 손으로 쓸어주며 말했다. 우리는 이호수의 자취방으로 가는 대신 집 앞의 카페에 앉았다. 그 카페에는 항상 사람이 없었다.

더 이상 미룰 수 없었다. 나는 심호흡을 했다.

"호수야."

"응."

그만두자. 내가 그렇게 말했을 때, 녀석의 완벽한 얼굴이 완전히 일그러졌다는 사실. 그게 아직도 조금은 기뻤다. 무슨 말을 하는 거냐고 한 번 되묻지도 않고 무작정 무릎부터 꿇는 녀석의 단순함. 자존심 같은 것 없이 젖은 목소리로 내게 제발, 하며 매달리는 녀석의 순정함. 그런 것들을 사랑했다. 사랑했지만.

"이안아, 제발. 내가 다 잘못했어. 다신 너 혼자 안 둘게. 나 휴학할까? 휴학할게."

"그만할래."

"제발."

"그만하고 싶어."

"…다른 사람 있는 거 알고 있어. 그래도 괜찮아. 돌아오게 만들게. 기회를 줘."

"그런 거 없어. 몇 번 잔 건 맞지만 걔 때문 아니야."

"이안아, 제발. 잘못했어. 나 버리지 마. 시키는 대로 다 할게. 뭐든지 할게."

"이러지 마."

"제발. 이안아."

"갈게."

정말 안 돼……? 이호수는 카페 바닥에 무릎을 꿇은 채 앉아 나를 올려다보았다. 내 처분을 기다리는 사형수라도 된 듯이. 사랑스러운 그의 얼굴. 그의 이목구비를 정신없이 눈에 담았다.

쏟아질 것같이 그렁그렁한 눈. 목탄으로 그린 것 같은 짙은 눈썹. 하얗고 매끈한 이마. 시원스레 뻗은 콧대. 앞 광대가 톡 튀어나와 광대와 코 사이가 도톰했다. 인중이 깊었고, 푸른 기가 도는 입술은 도톰했고, 통통한 볼살 아래 턱선은 의외로 진하게 각이 져 있었다. 하나씩 떼어놓고 봐도 인상적인 이목구비. 그러나 한데 모아놓으니 왠지 백지 같은 구석이 있었다. 무엇이든 될 수 있을 것 같은 얼굴. 묵은 갈증을 해소하는 샘물 같은 얼굴. 하지만 녀석이 그런 얼굴을 하고 있지 않았어도, 아니 아니 어쩌면, 그 애가 꼭 그런 얼굴을 하고 있었기 때문에…

맹세코 나는 그를 사랑했다. 사랑하고 있었다.

이호수 없이 전역했다. 부대원들과, 그러니까 김승수와 기념사진을 찍었다. 집으로 가는 고속버스 안에서 김승수의 번호를 차단했다.

복학을 했다. 이호수는 다섯 번 찾아왔다. 세 번은 예대 건물로, 두 번은 집 앞으로. 무릎은 꿇지 않았고, 울지도 않았다. 요란한 장면을 연출하면 나를 아웃팅할까 염려되어서였을 것이다. 사려 깊은 사람이었으니까. 그는 그저 입술을 달싹거리며 용서를 빌었다. 잘못한 것도 없으면서. 무고한 피해자인 주제에 내게 용서를 빌었다. 다섯 번째로 그를 돌려보내며, 이제 그만 오라고 말했다. 시키는 대로 한댔지? 이제 그만해. 받아들여. 잔인한 말을 했다. 이호수는 더 참지 못하고 온 얼굴을 일그러뜨리며 울었다. 우는 얼굴도 예뻤다. 그를 안아주었다. 그리고 그는 정말 그만 왔다. 그게 마지막이었다. 내 유일한 사랑은 그렇게 끝났다.

나는 보통의 게이로 살았다. 쉴 틈 없이 연애를 했다. 게이인 게 약점이 되지 않는 필드에서 일하다 보니 자연스레 그렇게 됐다. 이호수만큼은 아니었지만, 나도 사람을 끄는 데는 일가견이 있었으니까. 인터넷이나 게이 바에서 만난 남자들도 있었고, 일을 하다 자연스럽게 만난 남자들도 있었다. 누구도 이호수만큼 사랑할 수 없었다. 당연한 일, 각오한 일이었다. 돈을 벌었고, 적당한 시점에 독립했다. 이호수 생각을 했다. 이호수와 함께 살 수도 있었다는 생각을 하면 마음이 무너지는 것 같았다. 그래도 살면 살아졌다. 내 인생에는 사랑이 없었지만, 빛깔 없이 죽은 세상이었지만, 밥 먹고 잠자고 살아졌다.

이호수의 꿈을 꿀 때면 어김없이 울다 깼다. 무릎을 꿇고 비는 이호수, 내 머리를 넘겨주는 이호수, 파르라니 머리를 깎은 이호수, 교복을 입고 내게 보리차를 건네는 이호수……. 헤어진 후 1년이 지나고부터는 그의 얼굴이 점점 흐릿해졌다. 그게 죽을 것처럼 슬펐다.

이호수도 나도 동창 모임에 나가지 않았지만, 그의 소식은 곳곳에서 들려왔다. 졸업하자마자 임용고시에 붙어 바라던 대로 교사가 되었다고 했다.

스물여덟 살에는 충격적인 소식을 들었다. 이호수가 결혼을 한다는 소식이었다. 그 사실 자체는, 물론 가슴이 미어질 것처럼 슬프긴 했지만, 놀랍지는 않았다. 충격은 결혼 상대 때문이었다. 송다혜. 고등학교 때의 그 국어 선생이었다. 그 사람 결혼하지 않았어? 몰라, 이혼했나 보지. 신부 나이가 많아서 일찍 하나 보다. 그러게 요새 누가 스물여덟에 결혼을. 그런데 권이안, 네가 이호수랑 제일 친하지 않았냐? 왜 처음 듣는 것처럼 그러냐? 그러니까 결국 이호수는 결백하지 않았던 거군. 나는 배신감에 치를 떨며 잠 못 이뤘다. 그러다 내가 무슨 자격으로, 하는 생각이 들어 허탈하게 웃었다. 결국 우리의 사랑을 끝장낸 건 나였으니까. 그 사실은 변하지 않았다.

나는 당연히 청첩장을 못 받았지만, 김태현이 받은 청첩장을 봤다. 평생을 함께할 사람을 만났습니다. 저희의 시작을 함께 축하해주세요. 이호수의 평생에 대해 생각했다. 어쩌면 내 것이 될 수도 있었던 다른 이의 삶과 죽음에 대해 생각했다. 내가 나이기 위해 포기한 것들에 대해 생각했다.

이호수가 결혼하던 날, 나는 아팠다. 이렇게까지 촌스러울 거 있나 싶었다. 애인이 죽과 약을 사들고 찾아와 나를 간호했고, 나는 이별 통보를 했다. 이별 통보도 자꾸 하니까 쉬워졌다. 날 사랑하긴 했냐고 묻는 애인, 아니 이제는 전 애인에게 미안하다고 했다. 생각해보면 이호수는 내게 그런 질문을 하지 않았다. 너도 그게 궁금했을까. 아니면 알고 있었나. 내가 마지막까지 저를 사랑했다는 사실을.

이호수는 송다혜와 평생 함께하지 않았다. 1년을 못 채우고 이혼했다는 소식이 들려왔다. 열없이 기뻐하는 내 마음이 끔찍했다. 이호수를 향한 내 사랑이 가난한 내가 가진 것 중 가장 값진 것이라고 자신했던 시절이 있었는데. 어쩌다 이렇게 악취가 나는 마음이 되었는지 모를 일이었다.

유니버스가 1위 가수가 된 기념으로 찾아와 보았습니다. 잘 지내셨죠? 이번 앨범 어떻게 들으셨는지 궁금해요. 여신님의 취향이 궁금해! 저는 수록곡 중에 〈시선〉이랑 〈Sleepy〉 좋더라구요. 정규라 그런지 확실히 대중적인데 그게 서운하다는 생각이 들면 나쁜 팬이겠죠? 누군가를 좋아하는 올바른 방식이 무엇인지에 대해 고민이 많아요. 어떤 사람이 나만의 사람이었으면 좋겠다는 욕심은 건강하지 못한 걸까요.

여신님은 부조리를 목격했을 때 어떻게 하시나요? 저는 항상 그것을 바로잡아야 한다고 믿었습니다. 그런데 최근에 저도 부조리의 일부라는 사실을 깨닫고 좀 충격을 받았어요. 지금까지는 제가 영웅인 줄 알았는데 알고 보니까 악당이었던 거예요. 그나마도 최종 보스도 아니고, 본인이 악당인 줄도 몰랐던 비겁한 조무래기요. 자존심이 상하고 슬펐어요. 이안이가 자주 하는 말 있잖아요. 누구에게도 상처 주지 않는 음악을 하는 게 목표라는 말. 저도 그것과 비슷하게 누구에게도 미안하지 않은 사람이 되는 게 목표였는데, 그럴 수가 없었어요. 순진한 주제에 비겁하기까지 해서 누군가에게 상처를 줬다는 생각이 들어 속상합니다.

└ 저도 이번 앨범에서 〈시선〉이 제일 좋았어요. 이안이가 점점 좋은 곡들을 써내는 것 같아서 기쁩니다. 타이틀곡은 처음엔 별로였는데 들을수록 괜찮은 것 같아요.

이안의 예술관을 듣고 그가 참 여린 사람인가 보다고 생각했어요. 쉽게 상처를 받는 사람만이 그런 생각을 할 수 있을 테니까. 그런 면에서 누구에게도 미안하고 싶지 않다는 다잉님의 말씀은 다잉님이 쉽게 죄책감을 느끼는 분이시라는 사실을 알려주는 것 같아 걱정이 되었습니다. 다잉님의 옆에 다잉님의 잘못이 아니라는 이야기를 해주는 사람이 있었으면 좋겠습니다. 저라도 그런 말씀을 드리고 싶고요. 사정을 정확히 모르지만 누군가 부조리 때문에 상처를 입었다면 그게 다잉님의 잘못만은 아닐 거예요.

이 세계의 일원인 이상 우리는 모두 구조적 부조리에 일정 부분 기여하고 있겠지요. 그렇다고 해서 모두를 악당이라고 할 수는 없지 않을까요? 사실 그렇다고 할 수도 있겠지만… 저는 염세적인 사람이 못 되어서, 모두가 조금씩 악당이라기보다는 모두에게 영웅적 면모가 조금씩은 있다고 생각하는 쪽이 좋네요. 다잉님은 비겁한 사람이 아니라 힘이 없는 사람이고, 미성년자이시니까 그게 자연스러운 일이죠. (옳은 일이라는 말은 아닙니다.) 그러니 다잉님은 조금 더 어른들을 탓해도 좋다고 생각해요.

'누군가를 좋아하는 올바른 방식'이라는 표현도 비슷하게 읽혔어요. 다잉님이 스스로가 언제나 옳아야 한다고 생각하시는 분 같아서요. 이 마음이 옳은지 고민하다 보면 내 마음을 있는 그대로 들여다보기가 어렵잖아요. 다잉님이 다잉님의 마음을 외면하고 계실까 봐 걱정입니다. 그래서 외로우실까 봐요. 다잉님께는 항상 마음이 쓰여요. 제가 알던 누군가와 많이 닮으셨거든요.

오늘 주제넘은 소리를 많이 했다는 생각이 드네요. 건성건성 읽어주셔요.

Chapter 4

겨울

나는 큰 어려움 없이 외고 입시를 치러냈고, 입학 허가를 받았다. 그 사실을 기념하기 위해 J와 부산으로 놀러 가기로 했다. 친구와 둘이서 부산까지 가보는 것은 처음이었다. 아빠가 차로 우리를 하단까지 데려다주면 지하철을 타고 남포동에 가서 놀 계획이었다. 나는 몇 번 부모님과 남포동에 가본 적이 있어서 J에게 그곳을 구경시켜 줄 생각에 신이 났다. 그때의 나는 J에게 뭔가를 '해주는' 걸 지나치리만치 좋아했다. 내가 주는 걸 받아야 했던 J의 입장에 대해 생각하기 시작한 건 훨씬 뒤의 일이었다.

그날 우리 집 앞 버스 정류장에서 나와 아빠를 기다리던 J는 놀랍게도 긴 머리 가발을 쓰고 있었다. 누가 봐도 가발 같은, 싸구려 가발이었다. 나는 놀란 채 힐끔힐끔 옆에 앉은 J를 훔쳐보았다. 갈색의 곱슬곱슬한 플라스틱 머리가 푸른색 니트 비니 아래로 길게 늘어져 있었다. 그게 어떤 제스처처럼 느껴져 마음이 불편했다. 맹세코 나는 J가 남자라거나 남자 같다고 생각하지 않았다. J는 여자였다. 하지만… 그렇지만… 여자인데 여자 흉내를 낼 수 있나? J는 여자 흉내를 내고 있었다. J가 나와 둘이 놀러 가면서 여자 흉내를 낸 게 문제인지 사람 많은 남포동에 놀러 가면서 여자 흉내를 낸 게 문제인지 아니면 아예 여자인데 여자 흉내를 낸 게 문제인지 몰랐지만, 나는 화가 났다. 그 화에는 당위가 없었으므로 나는 유치하게도 하단까지 가는 내내 입을 굳게 다물었다. J는 그 애를 만나기 전의 나처럼 들뜬 기색이었지만, 내 기분을 감지했는지 조심스레 입을 닫았다. 딸과 딸의 가장 친한 친구가 내내 조용하기만 하니 아빠는 궁여지책으로 라디오를 틀었다. 라디오 진행자들의 과장된 웃음소리가 싸늘한 차 안을 데굴데굴 굴러다녔다.

나는 하단에서 남포동까지 가는 지하철에서도 내내 J의 가짜 머리를 만지작거렸다.

"웬 가발이고."
"부산까지 왔으니까."
"벗으면 안 되나?"
"안 된다. 머리 다 눌려서."
"니 여장 남자 같다."

J는 잠시 축축하게 가라앉은 눈길로 나를 쳐다보았다. 나는 그 표정을 알았다. 그 애는 상처를 받은 거였다. 갈비뼈 안의 양심이 따끔거렸다.

"내 여자다."
"알거든?"

나는 당황하는 바람에 오히려 허세를 부렸다. 상처 주네. 이번에도 그런 말을 해줄 줄 알았다. 판을 깔아줄 줄 알았다. 하지만 J는 아무 말이 없었다. 나는 타이밍을 놓쳤다. 염치없게도 J가 원망스러웠다. 진심, 아니었다고 말할 자신이 있었는데. 내가 아무 말도 하지 못하는 사이 지하철은 남포역에 도착했다. 우리 사이에 무언가 켜켜이 쌓이는 소리가 들렸다.

조금 서먹해진 상태로 우리는 크리스피크림에 들어가 앉았다. 막 구워져 나온 글레이즈드 도넛과 따뜻한 카페라떼를 마시며 어디에 갈 것인지 계획을 세웠다. 나는 몇 번 남포동에 들르는 동안 책방골목에 가볼 생각은 해보지 못했는데, J는 꼭 거길 가야겠다고 고집을 부렸다. 그래서 우리는 15분 정도를 걸어 보수동 책방골목으로 갔다. 날이 추워서 손을 잡고 걸었다. 입김이 나오는 날씨에도 J의 손은 따뜻했다. 나는 지은 죄가 있으니 J의 눈치를 보며 그 애가 하자는 대로 군말 없이 책방에서 책방으로 옮겨 다녔다. 우리가 들른 첫 책방에서 J는 『제인 에어』를 한 권 샀다. 내가 그 소설을 좋아한다고 말한 걸 기억하고 있었던 걸까, 궁금했지만 물어보지는 못했다. J는 책방들을 뒤지며 다른 책 한 권을 찾아다녔다. 네 번째 책방에서 그 애는 마침내 김혜순의 시집 『당신의 첫』을 찾아냈다. 흥정 없이 값을 치른 J가 툭, 시집을 내게 안겼다.

"선물이다."

"선물?"

"어. 니 곧 생일이잖아. 그리고 외고 붙은 것도 축하."

야, 뭐 이런 걸……. 나는 할 말을 잃고 멍청히 서 있다가 겨우 고맙다는 말을 짜냈다. J는 대답하지 않고 비니 위로 머리를 벅벅 긁었다. 가발이 조금 흐트러졌다. 나는 손을 뻗어 그 애의 가발을 가지런히 정리해주었다. 눈을 감은 그 애의 속눈썹이 참 길다는 생각을 했다. J의 생일은 3월 초였고 그때까지만 해도 우리는 지금처럼 가깝지 않았기 때문에 나는 그 애의 생일을 못 챙겨줬는데. 나만 이런 걸 받아도 되나?

"니가 좋아하는 시인이가?"

"아니, 잘 모르는데."

"그럼 왜 주노."

"표지 그림이 니랑 닮아서."

J가 히히 웃었다. 비니와 가발을 쓴 그 애의 머리처럼 푸른색과 갈색으로 된 표지에는 입을 '오' 모양으로 말고 있는 코가 큰 여자가 그려져 있었다. 애가 날 닮았다고? 나는

미안한 것도 잊고 J를 퍽퍽 때렸다.

『당신의 첫』은 내가 가져본 첫 시집이었다. 그때의 나는 서사와 논리가 있는 글만 좋아했다. 정확히 말하면 그런 글만 소화할 수 있었다. 시는 그저 단어의 나열에 불과해 보였고, 읽어도 완벽히 이해할 수 없어 답답하기만 했다. J도 내가 시를 잘 읽지 않는다는 사실을 알았다. 그런 내게 왜 시집을 준 걸까, 나는 내 손바닥보다 조금 더 큰 시집을 파르르 넘겨보며 고민했다. J가 말한 대로 아무 의미 없는 선물이기를 바라는지, 숨겨진 의미가 있는 선물이기를 바라는지. 쉽사리 마음을 정할 수 없었다.

우리는 다시 걸어 사해방으로 갔다. 부모님과 남포동에 놀러 오면 꼭 방문하던 곳이었다. 밑반찬으로 나오는 중국식 오이무침이 무척 맛있어서 오이를 좋아하는 J에게 맛보여주고 싶었다. 이 오이 진짜 맛있제? 나는 왠지 조급한 마음이 되어 계속해서 물었고 J는 매번 성실하게 맛있다는 대답을 들려주었다. 엄마가 준 카드로 내가 계산을 했다. 스티커 사진도 찍었다. 우리는 핫핑크색과 파란색과 연두색의 배경 위에서 어깨동무를 한 채 얼굴을 가까이 붙이고 입술을 쭉 내밀었다. J의 긴 가발이 내 콧등을 간질였다. 식초 냄새가 나는 그 애의 숨이 콧구멍으로 흘러들어왔다. 우리는 제한 시간 내에 사진을 꾸미기 위해 작은 부스 안에서 고래고래 소리를 질러 댔다. 가장 잘 나온 사진 위에 '절대강공♡앙탈수'라고 썼다. 내가 '절대강공'을 썼고, J가 '앙탈수'를 썼다. 하트는 내가 그렸다. 주인아저씨가 인쇄되어 나온 스티커 사진을 긴 종이 절단기로 싹둑싹둑 잘라주었다. 잡티제거 효과가 얼마나 강한지 사진 속의 우리는 꼭 이목구비를 박아 놓은 지우개들처럼 보였다. 우리는 스티커 사진을 공평하게 나누어 각자의 지갑 속에 넣었다.

진해로 돌아오는 시외버스 안에서 J는 내 어깨를 베개 삼아 잠이 들었다. 가발이 엉망으로 엉켜 있었다. 귀 옆으로 그 애의 진짜 머리가 삐쭉 튀어나와 버스가 덜컹거릴 때마다 맥없이 따라 흔들렸다. 나는 침침한 불빛 아래에서 몇 편의 시를 읽었다. 말인데 말이 안 되는 문장들. 그 문장들을 입에 넣고 꼭꼭 씹었다. 소화는 못 해도, 일단 삼켜보려 했다. J가 준 것들이었으니까. 차멀미가 나서인지 속이 메슥거렸다. 머릿속에서 모르는 말들이 자라는 것 같았다. 이게 다 무슨 말일까. J가 내게 하고 싶은 말일까. 그건 뭘까. 나는 그 말을 알아들을 수 있을까. 알아들어도 될까. 궁금했지만 망설여졌다.

나는 시집을 끝까지 읽지 않고 서재에 꽂아두었다. 준비가 되면, 이 말들을 소화할 수 있게 되면 그때, 다시 읽어야지. 그렇게 다짐했다.

여름방학 때와는 달리 나는 겨울방학 동안 J를 몇 번 보지 못했다. 내가 외고 입학을 준비하느라 바쁜 탓도 있었지만, 근본적으로는 J가 만나자는 제안을 자주 하지 않아서였다. 지금까지 언제나 먼저 손을 내민 건 J였고 나는 그것을 잡기만 하면 됐다는 사실을 실감했다. 하다못해 내가 먼저 J에게 뽀뽀를 해본 적도 없었다. 뽀뽀는커녕 먼저 문자를 보낸 적도 없는 것 같았다. 우리의 관계는 이미 그런 식으로 굳어졌으므로 내가 먼저 행동을 취할 수는 없었다. 그러기엔 내 자존심이 너무 강했으니까. 이것이 '앙탈수'의 숙명일까. 나는 웃음 지었다. 졸업은 점점 다가오고 있었고, 나와 J는 작별을 준비하듯 서서히 멀어졌다. 물론 우리는 매일같이 문자를 주고받았고, 서로 뭘 하고 지내는지 잘 알았지만, 여름방학 때와는 달랐다. 우리 사이에 『피치남』이 없어져서일까. 그것 때문만은 아니라는 생각이 들었다.

눈이 왔다.

진해에서 나고 자란 나는 눈을 자주 볼 일이 없었는데, 이렇게 큰 폭설은 기억이 생긴 후로 처음이었다. 우리 승용차는 이륜구동이어서 눈길을 달리기 어려웠기 때문에, 아빠는 사륜구동 자동차를 가진 동료의 집까지 걸어가서 차를 얻어 타고 출근해야 했다. 나는 스키를 타러 갈 때나 쓰던 장갑을 끼고 밖으로 뛰쳐나갔다. 어린애들이 아파트 놀이터에 모여 눈싸움을 하며 놀고 있었다. 나에게는 같이 눈싸움을 할 친구가 없었다. 내게 친구라곤 J뿐이었고, 그 애는 멀리 떨어진 데 살았으니까. 사실 나는 J가 정확히 어디 사는지도 몰랐다. 그 애가 우리 집 앞 버스 정류장에서 115번을 타고 가면 미련 없이 헤어졌다. J가 어느 정류장에서 내리는지, 그 정류장에서 집까지는 얼마나 걸리는지. 아파트에 사는지 빌라에 사는지 주택에 사는지. 아무것도 몰랐다. 나는 혼자 쭈그려 앉아서 눈사람을 만들었다. 그때 J에게 전화가 왔다. 오늘도 먼저 행동을 취한 건 J였다. 조금 미안했지만, 그것보다 많이 고마웠다.

　"어, 무슨 일이고."
　'눈 온다.'
　"어. 내 눈사람 만들고 있다."

'맞나.'

J가 전화기 너머로 키득키득 웃었다. 나도 웃음이 났다. J 는 잠시 뜸을 들였다.

'내 인문계 가기로 했다.'

나는 놀라서 아무 데나 손을 짚는 바람에 눈사람의 머리 통을 조금 일그러뜨렸다. 대답할 말을 찾기 어려웠다. 맞 나. 내가 내놓은 두 글자짜리 대답에 J는 또 웃었다.

"야, 잘했다."
'잘했제?'
"잘했다."

인문계에 가서 공부를 해서 좋은 대학에 가야지! 그런 말은 안 했다. 훌륭한 사람이 돼야 한다고도 말하지 않았 다. 내가 인문계, 인문계 노래를 불러서 그렇게 결정한 것 이냐고도 묻지 않았다. 대신 용기를 내 몇 달간 입안에서 맴돌던 질문을 했다.

"글은 계속 쓰나?"

다시 침묵. 나는 인내심을 갖고 기다리며 내가 뭉개 놓은 눈사람의 머리통에 손바닥을 살살 비벼 다시 동그랗게 모양을 냈다. 눈은 계속해서 내리고 있었다. 눈에 젖은 털모자가 축축해지자 귀가 빨갛게 시렸다. 나는 꽁꽁 언 발을 바닥에 부딪치며 전화기 너머에 귀를 기울였다. 그 애의 낮은 숨소리가 들리는 것 같았다.

'그렇지 뭐.'
"나도 보여줘!"
'그래. 다음에.'

그러니까 나는 너를 밀어버린 게 아니지? 괜찮은 거지? 너는 살아 있을 거지? 계속하기로 한 거지?

묻지 못했다.

그날 나는 손가락과 발가락이 모두 곱을 만큼 오래 바깥에 있었다. 내 어깨까지 올 만큼 큰 눈사람을 완성하고 사진을 찍어 J에게 전송했다. 아파트 단지 곳곳에서 주워 온 나뭇가지와 돌멩이, 솔잎을 이용해 이목구비까지 꼼꼼히 박아 넣은, 잘 만든 눈사람이었다. 눈사람을 밖에 세워 둔 채 집에 돌아갔다. 집에는 내게 뜨거운 코코아를 건네는 엄마가 있었고, 두꺼운 이불이 있었고, 뜨끈뜨끈 열을 내는 전기장판이 있었고, 상자째 쌓인 귤이 있었다. 나는 쉽게 눈사람을 잊었다. 그 뒤에 눈사람은 어떻게 되었는지. 다른 눈사람과 눈싸움을 하고 놀았는지. 까치의 습격을 받지는 않았는지. 성질 나쁜 행인이 그의 머리통을 박살 내지는 않았는지. 뜨거운 코코아와 차가운 귤을 먹었는지. 나는 몰랐다. 모를 수 있었고 몰라도 됐다. J에게서는 답장이 없었다.

나는 결국 J가 쓴 글을 보지 못했다. '다음'에 만날 때도, 그 '다음'에도 J는 "까먹고 집에 두고 왔다!"며 팬픽 공책을 보여주지 않았다. 그 다음번 '다음'은 졸업식이었다.

J의 가족들은 바빠서 아무도 졸업식에 올 수 없다고 했다. 우리 엄마는 졸업식에 참석하기 위해 아침부터 미용실에 들러 헤어, 메이크업을 받았고, 아빠는 휴가를 썼다. 내가 수석 졸업을 하기 때문인 것 같았다. 수석 졸업생은 단상 위에 올라가 성적우수상을 수상하기로 되어 있었다. 물론 엄마와 아빠는 내가 수석 졸업생이 아니었어도 졸업식에 참석했을 거라고 말했지만, 솔직히 믿지 않았다. 나는

한 스포츠 브랜드가 유니버스와 콜라보레이션해서 내놓은 운동화를 개시하는 것으로 졸업을 기념했다. 혓바닥과 발바닥에 'Universe'라는 글자가 새겨진 검정색 하이탑 스니커즈였다. 유니버스와 함께 수석 졸업을 하는 기분이었다. 간지럽고 유치한 성취감. 이렇게 대단한 내가, 공식적으로 우리 학교에서 가장 똑똑한 내가! 안드로메다라는 사실을 모두에게 알리고 싶었다. 내가 상을 받으러 단상 위로 올라갈 때 J는 "주다인 예쁘다!" 하고 크게 소리쳤다. 나는 부끄러워서 고개를 숙였지만 실은 기뻤다. 발에는 유니버스를 신고 손으로는 교장 선생님과 악수를 하며 전교생과 그 학부모의 박수를 받는 데다가 J의 환호까지 들으니 대단한 일이라도 해낸 것 같았다. J를 만나기 전 외롭게 보냈던 시간들. 밥 먹을 때 나를 끼워주려 하지 않았던 애들. 세주와 은정. 복도에서 나와 J를 더럽다고 한 애들. 교내 인트라넷으로 내 뒷이야기를 하던 선생님들. 그 메시지를 인쇄해서 내게 건넨 선생님까지. 모두 껴안을 수 있을 것 같은 기분이었다. 축제 때 공연을 한 J도 이랬을까. 더 일찍 알았다면 더 큰 목소리로 응원하고 내 일처럼 기뻐해주었을 텐데. 무대에서 내려오는 길에 그런 생각을 했다.

엄마는 J의 가족들이 오지 않는다는 말을 전해 듣고 J 몫의 꽃다발까지 준비해 왔다. 우리는 똑같은 프리지어 다발을 하나씩 들고 사진을 찍었다. 진한 프리지어 향기가 코끝에서 뭉그러졌다. 별로 친하지 않았던 애들과도, 나에게 J와 덜 붙어 다녔으면 한다고 말했던 담임선생님과도 사진을 찍었다. J에겐 카메라가 없어서 아빠가 가져온 카메라로 J의 사진까지 찍어주었다. J의 1, 2학년 팬들이 몇 명 찾아와 그 애에게 사탕 꽃다발과 선물을 건넸다. 아빠는 J에게 그 애들과 함께 사진을 찍으라고 했지만 J의 팬들은 부끄러워하며 내빼기 바빴다. J와 조영은이 사진을 찍는 중에 아무것도 모르는 아빠가 나에게도 같이 서보라고 해서 나와 J, 조영은 셋이 나온 사진까지 남겼다. "졸업 축하한다." 나는 처음이자 마지막으로 조영은에게 말을 건넸다. 조영은이 J와 같은 학교에 진학하게 될지 궁금했지만, 묻지 않았다. 대신 엄마, 아빠, 그리고 J와 짜장면을 먹으러 갔다. J는 같이 밥을 먹으러 가자는 우리 부모님의 제안을 몇 번 거절하다가 내가 막무가내로 졸라대자 결국 따라왔다. 우리는 아빠의 회사 근처에 있는 단골 중국집에서 평소에 안 시키던 깐쇼새우까지 주문해서 아주 포식을 했다. J와 우리 부모님은 서로 낯을 가렸고 나도 우리가 한 가족처럼 같이 있는 모습은 좀 이상하다고 생각했지만, 그래도 기뻤다. 내가 좋아하는 모든 것을 내 손에 쥔 느낌. 투명하고 이기적인 만족감이었다.

　아빠는 J를 집까지 태워주겠다고 했지만, 그 애는 평소에 나와 헤어지던 우리 집 앞 버스 정류장 앞에서 내려달라고 했다. 아빠가 몇 번 더 권해도 요지부동이었다. 결국 내가 같이 내려서 그 애와 함께 버스를 기다려주는 것으로 합의를 봤다. 가방과 졸업장, 성적우수상, 꽃다발을 모두 차에 두고 내려서 빈손인 나와 달리 그 애는 1, 2학년 팬들에게서 받은 선물들까지 가득 든 채라 한동안 부스럭거리며 자리를 정돈해야 했다. 우리는 말없이 종아리를 달랑거리며 버스를 기다렸다. 입에서 입김이 나왔다. 멋진 작별 인사를 하고 싶었지만 아무런 말도 생각나지 않았다. 앞으로 J와 더 볼 일이 없다는 사실을 믿을 수 없었다. 더 이상은 J가 먼저 손을 내밀어주지 않을지도 모르고, 그러면 우리는 전혀 상관없는 사람들이 될지도 모르고, 고등학교에 가면 J 같은 친구를 다시 못 만날지도 몰랐지만. 실감이 안 났다. 실감이 안 나니까 눈물도 안 났다. 글을 잘 쓰는 J가 내게 작별의 편지라도 써주지 않을까 내심 기대했는데, 그런 것은 없었다. 나도 편지를 안 썼으니 서운해할 주제가 못 된다는 것을 알면서도, 열없이 서운했다.

계속 내 부모님과 붙어 있어서인지, 그날 J는 한 번도 나를 껴안거나 손을 잡거나 제 무릎 위에 앉히거나 입을 맞추지 않고 목석처럼 굴었다. 사실 부모님 앞에서 그랬으면 내가 더 당황했겠지만 그 애가 그러지 않으니 모두를 상대로 사기를 치는 것 같았다. 학교에서 우리는 이러지 않았으니까. 우리의 관계는 그런 게 아니었으니까. 아주 모범적인 생활을 하다가 나무랄 데 없이 졸업한 사람이 된 기분이었다. 그게 맞는 거였지만. 모범의 테두리를 벗어난 우리의 행동들은 감쪽같이 사라져야 되는 거였지만.

나는 망설이다 그 애의 무릎 위에 얹힌 잡동사니들을 치우고 그 위에 턱 걸터앉았다. J가 작게 웃으며 내 뒷목에 입술을 눌렀다 뗐다. 멀리서 115번 버스가 오고 있었다. 나는 엉덩이를 털고 일어나 주섬주섬 짐을 챙기는 J를 거들었다. "들어가리." 무미건조한 내 인사에 J는 웃으며 내 볼에 입을 맞췄다. 평소와 똑같은 뽀뽀였는데 왠지 뺨이 달아올랐다. 어렴풋이 마지막이 만져지는 것 같았다. 버스 문이 닫힐 때 조금 더 큰 소리로 다시 "가리!" 하고 인사를 했다. J가 창문 너머로 손을 흔드는 게 보였다. 나는 버스가 시야를 완전히 벗어날 때까지 버스에서 눈을 떼지 않았다. 문득 그 애가 떠나는 뒷모습을 이렇게 오래 지켜본 적이 한 번도 없다는 사실을 깨달았다. 한 시절이 끝나고 있었다. 이제 우리는 어떻게 되는 걸까. 버스를 타고 너는 어디까지 가게 될까. 할 수 없는 질문들이 쌓여갔다. 눈물은 나지 않았다.

4월 이야기

(7) 호수 외전

언제부터였냐고, 이안이 내게 물은 적이 있었다. 내게 겨누어졌던 그의 수많은 질문들 중 하나. 그래, 이안은 궁금한 게 많은 사람이었다. 가볍거나 무거운 그의 질문들 앞에서 나는 무방비했다. 열여덟의 4월. 그러니까 최초의 4월. 그 이후의 나는 이안의 물음표들이 쌓여 만들어진 사람이었다.

언제부터였을까. 교실 창문으로 쏟아져 들어오는 햇빛을 등진 채 방글방글 웃는 낯으로 내게 인사를 건넨 때? 내가 축구를 잘하는지 못하는지도 모르면서 같이 축구하자고 했을 때? 웃기지도 않은 농담을 늘어놓고 콩알 같은 눈으로 재빠르게 내 반응을 살폈을 때? 축구를 한 뒤 등목을 하고 들어와 물에 젖은 티셔츠 차림으로 상체를 훤히 내보이며 '나 골 넣는 거 봤냐?' 하고 자랑했을 때? 급식의 미역줄기가 싫다고 귀여운 투정을 했을 때? 3년을 다닌 학교 안에서 번번이 길을 잃고 바보같이 탄식했을 때? 지저분한 노래방에서 내게 신청곡을 말해보라고 종용했을 때?

이안을 처음 본 순간부터 내 눈은 오직 이안만을 향했다. 그게 사랑이라면, 처음부터 사랑이었다. 그는 누구에게나 사랑스러운 사람이었고 자세히 관찰하지 않아도 매력적이었다. 하지만 사람들 속에 둘러싸여 신나게 농담 따먹기를 하다가 대화가 끊기는 찰나에 스쳐 지나가는 외로운 표정은, 그 애를 꼼꼼히 봐야만 포착할 수 있는 귀한 광경이었다. 그게 그 애를 한층 사랑스럽게 만들었다. 나만이 그 애의 이면을 알아보았다는 착각. 그만큼 나도 그 애에게 특별한 존재였으면 좋겠다는 욕심. 모두 사랑이었다.

연애감정임을 깨달은 건 열여덟의 겨울. 모여 놀던 무리 중 여자친구가 없는 놈들끼리 크리스마스이브를 보냈다. 이안은 당일 아침에 갑자기 아프다며 약속을 취소했다. 어디가 아픈 거지, 약을 사서 찾아갈까, 그런 생각을 하던 나와 달리 나머지 녀석들은 이안이 몰래 애인을 만든 게 틀림없다고 떠들어댔다. 누군가의 연인이 된 이안의 모습. 하루 종일 그것만을 생각했다. 그가 내 연인이었으면 좋겠다는 생각, 아니 욕심이 머릿속을 꽉 채웠다. 결국 참지 못하고 알량한 몸살 약을 핑계로 그 애의 집에 찾아갔을 때 열이 나서 눈도 제대로 뜨지 못하는 이안의 모습을 보고 느꼈던 못난 안도감. 그 애를 독점하고 싶은 욕심을 자각했고, 곧 받아들였다.

고백을 거절당했을 때 그 애를 다시 못 보게 될 거라는 두려움을, 어떻게든 끝장을 보고 싶은 마음이 이겼을 때. 더 이상 견디기가 어려워졌을 때. 그러니까 이듬해 4월. 이안의 생일 전야에 나는 이안에게 고백했다. 놀랍게도 이안은 나를 받아주었다. 아무도 없는 놀이터에서 우리는 서투르게 혀를 섞었다. 그때부터 내가 지키고 싶은 유일한 것은 이안과의 사랑이었다.

무질서한 그의 책상을 사랑했다. 수시로 날뛰는 그의 기분을 사랑했다. 캄캄한 우울에서 헤엄치는 그를 사랑했다. 햇빛 아래서 누구보다 밝게 빛나는 그를 사랑했다. 그의 못난이 보조개에 고인 맑은 기쁨을 사랑했다. 백색소음 같은 그의 실없는 농담들을 사랑했다. 이안이 태양이라면 나는 지구였고, 이안이 지구라면 나는 달이었고, 이안이 달이라면 나는 그 위에서 방아를 찧는 토끼였다. 내 세상은 오로지 그를 중심으로 돌아갔다.

그게 문제였을까. 내가 그의 주변만 맴도는 사이, 내게 보이지 않는 이면에서는 무슨 일이 일어나고 있었던 걸까. 내 무식한 사랑이 내 눈을 가리는 동안, 그는 떠날 준비를 하고 있었을까. 스물다섯의 4월. 이안과 나는 헤어졌다.

더 이상 질문해줄 사람이 없어져서인지, 내 머릿속에서는 물음표가 늘어갔다. 확신할 수 있는 게 아무것도 없었으니까. 이안은 나를 사랑했을까. 언제부터 헤어질 생각이었을까. 무엇이 부족했을까. 다 거짓말이었을까. 그가 만나자고 했을 때 두말 않고 달려나갔다면. 내가 복학하지 않았다면. 같이 살자고 제안하지 않았다면. 군대에서 그에게 편지를 더 자주 썼더라면. 십자인대를 끊어서라도 군대에 가지 않고 그의 입소식에 참석했다면. 남들의 시선을 더 의식했더라면. 덜 의식했더라면. 무엇부터 잘못한 것인지, 어디서부터 용서를 구해야 할지 알 수 없었다. 그래서 바보처럼 무작정 빌기만 했다. 나에 대한 동정심에서라도, 그가 한 번 더 기회를 주기만을 염치없이 바랐다.

내가 알았던 것. 이안에게 다른 남자가 생겼다는 사실은 쉽게 알아챌 수 있었다. 스스로 믿는 것과 달리 이안은 영악하질 못하니까. 부대 후임이라는 사실도 알았다. 이름도 알았다. 김승수. 언젠가부터 그는 나를 서 주위에 얼씬도 못하게 했고, 핸드폰 액정에 '김승수'가 뜨면 안절부절못했다. 누구냐고 묻자 화들짝 놀라며 묻지도 않는데 그가 얼마나 맹랑한 후임인지 줄줄 늘어놓았다. 담배를 피우기 시작했다. 변해버린 이안의 모습이 낯설었지만, 그

래도 사랑했다. 그 모습까지 좋았다. 이안이 나를 버리지
만 않는다면 계속해서 모른척할 생각이었다. 돌아오게 만
들 수 있다고 생각했다.

　　이안을 다섯 번 잡았고, 그가 잡혀주지 않을 것임을 확
신하자 모든 것을 포기했다. 살면서 유일하게 원했던 것.
그것을 지키지 못했으니 이미 실패한 인생이었다. 그가 이
별을 고한 날 나는 죽어버린 기분이었다. 다음 날부터 내
삶은 폐허이고 사족이었다. 하루하루 죽음에 가까워지는
것 말고는 바라는 게 없었다. 그가 보고 싶어 참을 수 없을
때는 몰래 예대 건물이나 그의 집 앞으로 가 무방비한 그
의 모습을 훔쳐보았다. 이별도 사랑도 모르는 일이라는 듯
시치미를 떼는 말간 얼굴. 아무렇지 않아 보이는 이안을
원망하며 다시는 오지 말아야지, 매번 다짐했다. 시간이
지나며 몰래 그를 찾아가는 빈도수가 점점 줄었다. 이안이
없는 삶에 적응해가고 있었다. 기가 막혔다. 결국 그 정도
라는 게. 분하고 억울했다. '고등학생 때부터 사귀던 애인
이 군대에 가더니 바람이 나서 헤어졌다.' 통속적인 문장
으로 요약 가능한 흔하디흔한 연애에 나는 인생을 걸었던
것이다. 이안이 없이도 살아진다는 것. 세상이 무너지지

않는다는 것. 목구멍으로 밥이 넘어가고 아침엔 눈이 떠지고 밤엔 눈이 감긴다는 것. 농담을 들으면 웃음이 나온다는 것. 결국, 무엇도 영원하지 않았다.

다혜. 내 선생님. 내 동료. 내 아내. 이제는 전 아내.

소문과 달리 내가 고등학생일 때 우리는 '그런 사이'가 아니었다. 후에 다혜는 나를 '그런 식으로' 눈여겨본 적이 있었다고 고백했지만, 당시 나는 그 사실을 알아차리지 못했으므로 우리 사이에는 별일이 없었다. 애초에 다혜의 감정도 호기심에 가까웠을 뿐 사랑은 아니었다. 그녀에겐 약혼자도 있었다. 학생에게 불온한 호기심을 가졌다는 것만 빼면 다혜는 좋은 선생님이었고, 그때 내게 다혜는 닮고 싶은 어른이었다. 그녀는 진심으로 나를 대해주었다. '임용 첫해라 그랬지 뭐.' 다혜는 심상히 말했지만, 나는 살면서 그런 어른을 자주 만나보지 못했기 때문에 진로를 정할 때 자연스레 다혜를 떠올렸고 무의식중에 그녀의 뒤를 따랐던 것 같기도 하다.

다혜를 다시 만난 건 교사로 첫 발령을 받은 후였다. 그때 다혜는 이혼한 상태였다. 나도 그녀도 성인이었고 한 차례 사랑에 실패한 후 너덜너덜해진 상태였고 술을 좋아했고 독서 취향이 잘 맞았고 따라서 대화가 잘 통했고 서로에게 호감이 있었으므로 관계의 전환은 빠르게 이루어졌다. 수줍은 고백 같은 건 없었다. 술을 많이 마신 후 몸을 섞었다. 그녀에게 물었다. 어차피 나는 첫사랑 이후 누구도 사랑할 수 없노라고, 내가 줄 수 있는 건 부서진 사랑의 조각뿐이라고. 그것만으로도 괜찮겠느냐고. 다혜는 괜찮다고 했다. 나는 최선을 다하겠다고 약속했다. 그녀를 사랑하려고 노력했고 어느 정도는 성공했다. 이안에 대한 사랑과는 완전히 다른 모양의 무엇을 공유했다.

그녀는 아이를 원했다. 더 나이 들기 전에 아이를 갖고 싶으니 결혼하자고, 그녀 쪽에서 제안했다. 아이. 내가 상상할 수 있는 유일한 미래가 이안이었을 때는 고려해본 적 없는 변수였다. 나와 다혜가 힘을 합쳐 이 세상에 새로운 생명을 심는다. 영원히 나와 다혜의 이름을 지고 살아갈, 살아 있는 존재를 만든다. 무서운 생각이었다. 태어날 아이에게 그런 짓을 해도 될 것 같지 않았다. 결국 아이 갖는 일에 대해서는 고민이 더 필요하다고 말했다. 그녀를 거부하는 게 아니라는 사실을 알려주기 위해 결혼하자고 했다. 무사히 결혼했다. 이안이 내게 주었던 완벽한 행복, 그것이 다시 오지 않는다면. 괜찮은 선택이라고 생각했다. 다혜와의 안온한 삶을 내 차선책으로 삼아도, 내가 최선을 다하면, 다혜에게 상처 주지 않을 수 있다고 생각했다. 착각이었다.

"네가 먼저 말할래? 내가 먼저 말할까?"

"무슨……."

"우리, 그만하는 게 좋겠지?"

"……."

"이게 네 최선인 거지?"

"……."

"네가 최선을 다한 거 알아. 그걸로 괜찮을 거라고 생각했어. 그것만으로도 내가 가져본 것 중에 제일 좋았으니까. 괜찮을 거라고… 생각했어."

"누나. 다혜야."

"그런데 안 되겠어. 그것만으론 만족이 안 돼. 자꾸만 더 원하게 돼. 기다리다 보면, 우리가 함께하는 시간이 더 쌓이다 보면 언젠가, 그 사람을 이길 수도 있다고 생각해보려고 했어. 그런데 그 사람이 아니라, 너를 못 이기겠어. 그 사람을 사랑하는 건 네 의지야. 너만 마음을 바꿔먹으면 되는데… 너는 꿋꿋이 불행하기를 선택하지. 너를 행

복하게 해주고 싶어서 마음이 아파. 나로 안 되는 걸 아니
까……. 너무 힘들어. 너도 나랑 사는 거 불행하잖아."

"……."

"네 옆에서 네 차선책으로라도 있고 싶었는데… 아니
야. 내가 나한테 그러면 안 되는 거잖아. 나도 최선이 아니
라, 최고를 가질 자격이 있는 거잖아."

"미안해. 다 내 잘못이야."

"맞아. 네가 다 잘못했어. 너도 알 거 아냐. 네가 나한
테 괜찮으냐고 물은 이상 나는 괜찮다고밖에 말할 수 없었
던 거. 그 사람이 너한테 같은 걸 물었으면 너도 나처럼 대
답했을 거잖아. 무슨 짓을 해서라도 옆에 있고 싶은 마음,
너도 알잖아."

"미안해."

다혜는 식탁에 고개를 묻고 울었다. 나는 어찌할 바를
모르고 그녀의 등에 손을 얹었다가, 곧 떼어냈다.

"내가 이렇게까지 말해도 너는 미안하다는 말밖에 못
하지."

"……."

"당분간 친정에 가 있을게. 서류는 천천히 정리하자. 나 한 번 해봐서 잘 알아."

"네가 원하는 대로 할게."

"잡으라면 잡을래?"

"…잡을게. 잡혀줄래?"

"…됐어."

"미안해."

"알아."

마지막으로 가정법원을 나오던 날은 날씨가 좋았다. 우리는 잠시 함께 산책했다. 다혜는 홀가분해 보였다. 담담한 얼굴에는 미소마저 감돌고 있었다.

"그래도 난, 행복해지고 싶어서 떠나는 거야. 더 나은 걸 갖고 싶어서 이혼했고, 널 만났어. 그리고 더 나은 걸 가졌지. 이번에도 더 나은 걸 찾아 떠나는 거야."

"……."

"네가 불쌍해. 행복해지려고 시도하지도 않는 네가. 뭐가 널 잡아두는 거니."

"……."

"내 옆에서 행복하길 바랐는데… 그건 안 된다는 걸 알았으니까. 내 옆이 아니더라도 네가 행복하길 바라. 바보같지만 내 마음은 그래."

"고마워. 미안하고."

"내 말 잘 듣잖아. 이번에도 내 말 들어."

"응. 해볼게."

"착하다. 넌 늘 착했어."

"……."

"이호수 쌤, 잘 지내요."

"…선생님도요."

"끝까지 네 선생님인 편이 나았을까?"

별로 대답을 바라고 한 질문이 아닌 것 같아 나는 잠자코 있었다.

"…아냐. 그래도 너랑 결혼해보길 잘했어. 어차피 후회할 거였다면 이쪽 후회가 나은 것 같아."

"…응. 나랑 결혼해줘서 고마웠어."

나도 내가 아닌 이안의 행복을 빌어줄 수 있을까. 나도 모르게 또 이안을 생각했다. 나는 이렇게 무시로 다혜를 배반했다. 다혜가 그걸 모를 거라고 생각한 건 오만이었다. 나는 다시 실패했다. 뿐만 아니라 다혜까지 실패하게 만들었다. 이안과의 사랑이 드리운 실패의 그림자가 내 삶을 통째로 삼키고 있었다. 나는 내 실패들을 반추했다. 최초의 실패. 이안과의 이별. 그 사건을 이해하지 못하는 한 나는 누구에게든 실패밖에 줄 수 없었다. 뭘 잘못했을까. 어디에서 어긋났을까. 결국 4년 전과 같은 의문들. 하지만 지향점이 달랐다. 이안을 잊기 위해, 이안을 이해해야 했다. 이번에야말로 이안을 극복하겠다고, 나는 다짐했다.

마침내 이안을 보내주기로 다짐했던 서른 살의 봄, 이안을 다시 만났다.

다시, 최초의 4월.

(8) 다시 4월

서른 살의 봄, 이호수를 다시 만났다.

이태원의 한 게이 바에서였다. 너무나 예상 가능한 장소처럼 보이지만 실은 너무나 의외인 장소에서 드라이 마티니를 시켜놓고 혼자 앉아 있는 그를 발견했다. 처음엔 담배 연기가 너무 자욱해서 잘못 봤나 싶었다. 내 눈을 믿을 수가 없어서 한참이나 빤히 그를 바라보자, 내 시선을 느꼈는지 그도 이쪽을 쳐다봤다. 눈이 마주쳤다.

아…….

태어나길 잘했다. 그런 생각을 해버렸다. 다시, 최초의 4월.

나는 급히 고개를 숙였다. 이호수, 더 근사해졌다. 나이가 들수록 멋있어질 거라고는 생각했지만, 이렇게까지? 동안인 얼굴에 젖살이 완전히 빠져 아슬아슬한 불균형을 이뤘다. 나이를 가늠하기 어려운 묘한 분위기. 게이 바까지 왔으면서 최대한 주목받지 않겠다는 듯 시커먼 옷으로 무장을 하고 왔다. 멋없이 짧게 친 머리. 단정하게 접어 입은 바지 밑단. 그게 또 이호수다워서 웃음이 절로 났다. 내가 잽싸게 유행에 올라타는 사람이라면 이호수는 유행을 쫓을 의지가 없는 사람이었으니까. 거기서 오는 그 애의 고요한 품위는 어떤 유행보다도 자연스레 눈길을 끌었다. 지금 내 모습이 어떤지, 마지막으로 뿌리 염색을 한 지 얼마나 되었는지 떠올리려 애썼다. 꼭 누굴 만나려고 온 건 아니었지만 누굴 만날 가능성을 배제할 수 없는 곳이었기에 남부끄럽지 않은 차림이다, 그거 참 다행이다, 까지 생각한 순간.

"안녕. 오랜만이네."

이호수가 다가와 말을 걸었다. 내가 먼저 다가갈 준비를 하고 있었는데, 예상치 못한 전개에 머릿속이 하얘졌다. 그때나 지금이나, 나는 좀 체신머리가 없었다. 긴장하면 말이 많아졌고 머리보다 입이 먼저 작동했다. 이호수 앞에선 더 그랬다. 나는 생각 없이 지껄이기 시작했다.

"와. 이게 누구야. 얼마 만이지? 반갑다 야. 왜 이렇게 잘생겨졌냐. 가슴 떨리게."

"일행 없으면, 앉아도 될까."

"어, 그래그래. 앉아, 앉아. 이런 데서 널 보다니. 너 게이 아닌 거 아니었냐. 아닌 게 아닌 건 뭐지. 어쨌든. 난 네가 다시 남자 만날 줄 몰랐는데."

"남자 만나러 온 거 아닌데. 술 마시러 온 거지."

"어, 그럴 수 있지. 게이 바에 술만 마시러 올 수도 있는 거지. 여전히 솔직하지 못하시네."

"……."

"어떻게 지냈어? 너 결혼했다는 얘기는 들었다."

"…이혼했다는 얘긴 못 들었고?"

"어… 그건 구라인지 아닌지 모르겠어서. 괜히 멀쩡한 결혼에 초 치는 걸까 봐."

"결혼한 상태였으면 이런 데 오지도 않았어."

그렇지. 넌 그런 놈이지. 언제나 결백하지. 너만 잘났지.

"그 말은 곧 남자 만나러 왔단 말 아닌지."

"……넌 어떻게 살았니."

"나 뭐 그럭저럭. 별일 없이 살았지."

나는 더 할 말이 없어 시켜놓은 칵테일을 벌컥벌컥 들이켰다. 이호수도 마티니를 홀짝였다. 여전히 아름다운 얼굴. 흐릿한 내 꿈속에서보다 백 배는 아름다운 녀석의 실물. 굳은 다짐보다 무거운 녀석의 실재.

"야, 그것도 진짜냐? 고등학교 때 국어 선생, 그 누구냐, 송…… 그 사람이랑 결혼한 거."

"진짜야."

"와, 대박. 결국 거짓말한 거네, 너. 그런 거 아니라더니, 절대 아니라더니. 쭉 양다리였던 거 아니냐?"

제발 그만 말해, 권이안.

"맘대로 생각해."

"그래. 이제 와서 그게 뭐가 중요하겠냐."

"……."

"근데 왜 헤어졌냐? 잘 살지. 행복하게 잘 살지."

마티니 잔만 보고 있던 이호수가 눈을 치켜떠 나를 노려봤다. 나는 황급히 눈을 깔았다. 심장이 너무 뛰어서 바에 흐르는 음악 소리가 들리지 않을 지경이었다. 술기운이 속을 박차고 머리까지 올라왔다.

에라, 모르겠다.

"여기서 얘기하기 좀 그러면. 자리 옮길까?"

"어?"

"우리 집 여기서 가까워. 아, 부담스럽나? 야, 걱정 마. 안 잡아먹어. 나도 양심이 있지."

미쳤다. 나는 미쳤다. 가슴이 터질 듯이 두방망이질 쳤다. 혀를 잘라버리고 싶었다.

"그래, 그러자. 안 될 것도 없지."

나는 얼이 빠져 녀석을 바라봤다. 어, 이게 아닌데.

어 어 하는 사이에 나는 진짜로 녀석을 내 집으로 이끌고 있었다. 집이 어떤 상태인지도 기억나지 않았다. 아, 맞아. 이호수가 옆에 있으면 이런 느낌이었지. 머릿속이 이호수로 가득 차서 다른 생각을 할 수가 없었지. 이런 사람이 내게 있었지.

집으로 올라가는 길에 편의점에서 소주와 맥주와 땅콩을 샀다. 그러면서 술 먹여서 어떻게 해볼 생각 아니니까 안심하라고 너스레를 떨었다. 나를 목 졸라 죽여버리고 싶었다.

"집 좋다."

예의상 하는 말인 게 너무 티가 나서 오히려 모욕당한 기분이었다. 나는 뚱하니 대답했다.

"그냥 원룸이지 뭐."

키보드를 구석으로 끌어 녀석이 앉을 자리를 마련해주며 물었다.

"뭐 좀 먹을래? 별 건 없고…… 어. 슬라이스치즈 있다. 사과도 있어."
"괜찮아. 너도 와서 앉아."
"어, 그래."

앉은뱅이책상을 펴 놓고 편의점에서 사온 땅콩을 안주 삼아 말없이 맥주를 마셨다. 한일자로 굳게 다물린 녀석의 입술을 구경했다. 이호수는 맥주 한 병을 다 비우고 나서야 입을 뗐다.

"다혜랑 헤어진 건 내 의지가 아니었어."

"이 새끼 선생님한테 말 깠냐. 그렇게 안 봤는데 마초였네."

이호수가 희번덕거리는 눈으로 나를 째려봤다. 미안, 미안, 계속 말해. 나는 손을 내둘렀다.

"내가 왜, 자꾸… 실패하는지, 너라면 알지도 모른다는 생각이 들어."

"네가 국어한테 왜 차였는지 나한테 묻는 거야, 지금?"

"국어라니까 웃기네. 나도 국어야, 이제."

"맞다. 임용 붙은 거 축하한다는 말 했나? 축하해. 될 줄 알았다."

"언제 적 일인데."

"일은 적성에 맞아?"

"뭐 그럭저럭."

다시 맥주를 들이켰다. 녀석의 의지가 아니었다니. 이
호수는 정말로 그 사람과 '평생을 함께할' 작정이었던 거다.

사실 그랬다. 하필 송다혜라는 사실을 알았을 때. 혹시
나한테 복수하려는 건가, 내게 상처 주기에 가장 적절한
상대를 골라 마음에도 없는 결혼을 한 건가, 그런 망상을
했었다. 내가 아닌 사랑에 빠진 이호수를 상상할 수 없어
서. 결국 다른 이와의 결혼조차 나에 대한 마음 때문일 거
라고, 말도 안 되는 기대를 했었다. 이호수가 나를 극복했
다는 사실이 얼얼한 현실로 다가왔다. 염치없게도 그가 원
망스러웠다.

"국어… 아니 송다혜 씨, 가 뭐래디? 왜 차는지 말도 안
해주고 찼어?"

"너도 그랬잖아."

"어……. 그러면 내가 할 말이 없다."

"부족하대. 내가 최선을 다해도, 그것만으로는 만족이
안 된대."

"섹스 얘기냐?"

녀석은 다시 눈을 홉뜨고 나를 째렸다. 미안. 나는 다시 사과했다. 농담이라도 하지 않으면 당장이라도 네 멱살을 틀어쥘 것 같아서 그랬어. 그 말을 맥주와 함께 꿀꺽 삼켰더니 목구멍이 따끔거렸다.

"내 최선이 왜 번번이 부족한 건지… 모르겠어."
"최선을 다한 건 맞고?"
"그때 내가 줄 수 있는 최선이었지."
"글쎄. 모르겠다. 난 네 최선으로 부족하단 생각을 해본 적이 없어서. 섹스 포함."
"……그럼 뭐가 문제였니."
"부족하다기보단 과분했달까? 뭐 이젠 기억도 잘 안 나."

나는 송다혜가 괘씸했다. 이호수로 부족하다니. 이호수는 누구에게든 과분하다. 녀석이 최선을 다했다고 하면, 그건 정말 최선을 다한 거다. 나는 녀석의 최선을 아니까, 확실히 말할 수 있다.

"보니까 넌 안목을 키워야 돼. 그게 문제야."
"뭐?"

"우리가 헤어진 건 백 프로 내 문제였어. 송다혜 씨, 한테 네가 뭘 어떻게 했는지는 모르겠지만, 그 사람한테 그게 부족했다면. 그것도 그 사람 문제야. 내가 알아."

"……."

"그러니까 네 문제는 번번이 문제 있는 사람만 만난다는 거지."

"……."

"자, 해결됐지? 명쾌하지? 돈 내."

이호수는 픽 웃었다. 하나도 안 웃긴 내 농담에 웃어주는 이호수. 익숙하고 그리운 얼굴이었다. 짠, 우리는 술잔을 부딪쳤다. 말없이 술을 마셨다. 맥주를 다 마셔서 소주를 땄다.

"그래도 첫사랑이랑 결혼까지 했네. 대단하다."

나는 혼잣말처럼 말했다.

"난 잘 안 됐는데. 첫사랑이랑."

녀석을 쳐다봤다. 이호수도 날 쳐다봤다. 백지 같은 얼굴. 표정을 읽어보려 했다.

"나도 잘 안 됐잖아."

"……."

"결국 헤어졌으니까."

모호한 답변이었다. 울컥 짜증이 났다. 네 첫사랑도 나였지. 그렇지. 송다혜가 아니라 나지. 녀석의 멱살을 잡고 종용하고 싶었다. 그러는 대신 나는 연거푸 소주를 들이켰다. 하지 못하고 삼켜버린 말들 때문에 소화불량에 걸릴 것 같았다. 위신을 챙기려면 소화불량쯤은 감수해야지. 맞지.

"게이 바엔 왜 왔어? 게이로 살기로 한 거야? 여자한테 상처받아서 남자로 전향? 남자 맛이 그리워서?"

"말이 너무 심하네."

"……."

"조심해줘. 네가 널 모욕하면, 나까지 모욕당하는 게 돼."

"…미안. 입이 방정이다."

"넌 어떤데. 넌 왜 거기 갔어?"

"나? 어… 애인도 없고… 외롭기도 하고……."

"넌 쭉 게이로 살았나 보네."

"그랬지 뭐."

"…솔직히 말할까."

"솔직히 남자 맛이 그리웠다, 뭐 이런 얘기면 죽는다."

"널 이해해보고 싶었어. 내가 게이인지 아닌지가, 너한테는 중요했던 거 같아서. 나도 알아보고 싶어졌어."

"새삼?"

"그러게. 새삼."

소주 두 병을 다 비웠다. 술이 동났다. 나는 뭘 원하는 거지. 몰랐지만 모르는 대로, 입에서 나오는 대로 내뱉었다. 밑져야 본전이지.

"…여기까지 왔는데, 자고 갈래?"

"이안아."

"…싫음 말고."

"내 말을 뭘로 들었니. 난 너랑 못 자."

"……."

"너랑 자면, 난 영원히 알 수 없게 돼. 내가 게이인지 아닌지. 내가 게이인지, 그냥·· 권이안이었을 뿐인지. 그 래서 너랑 못 자. 우리는 여기서 한 발짝도 더 못 나아가."

"자고 싶기는 한 거네."

"그건 중요하지 않아."

"너무 어렵게 산다."

"네가 어려운 숙제를 줬으니까."

"좀 꼴리는 대로 살아봐."

"…갈게. 이쯤이면 충분하다."

급히 일어나는 녀석의 손목을 잡았다. 그러니까, 다른 남자랑 자겠다는 말? 그 말을 우리 사랑의 유언으로 남기 겠다는 말? 그렇게는 안 됐다.

"알겠어. 알겠으니까, 번호 알려주고 가."

"……."

"반갑다, 너. 오래 본 사이라 그런가. 쌓인 정이 있고 너 결혼까지 했다 왔는데 이젠 친구 해도 되지 않겠냐."

"너 정말……."

"좋은 게이가 되려면 게이 선배가 필요한 거 모르지.

난 게이 선배를 잘못 만나서 이렇게 됐다고. 내가 해줄게,
네 게이 선배. 앞으로 네가 어떻게 될지 궁금해졌어."

"…그래. 그래라."

나는 핸드폰을 내밀었다.

"번호 찍어."
"그대로야, 내 번호."
"……."
"…지웠니."
"아니. 그냥."

이호수는 단호한 몸짓으로 현관문을 열고 나갔다. 문
이 닫히기 전 다급히 인사했다.

"잘 가, 친구야. 곧 또 봐."

1.   ◆

내가 『4월 이야기』에서 여자 캐릭터를 다룬 방식에 대해 좀 생각해봤다. 호이가 이어지는 데 여자라는 존재가, 아니 차라리 여자라는 개념이, 너무 큰 장애물처럼 등장하는 게 아닐까도 싶고. 남자끼리 사랑하는 팬픽을 쓰면서 여자 캐릭터를 등장시킬 땐 항상 생각이 많아진다. 적어도 독자가 여자 캐릭터를 미워하지 않게 쓰고 싶은데 과연 성공했는지 모르겠다. 그걸로 충분한 건지도, 사실 잘 모르겠고. 그래서 굳이 호수 외전을 쓴 것도 있다. 물론 이안이 보지 못하는 것들이 많다는 점을—이안은 호수에게로 완전히 기울어져 스스로를 보지 못하는 상태이므로— 드러내려는 의도도 있었지만. 그래도 역시 호수 외전은 다혜를 위해 썼다고 생각한다. 다혜는 『4월 이야기』에 나오는 그 누구보다도 행복해지고 싶어 하며 또 그럴 수 있는 인물이다.

여자 캐릭터를 장애물로만 써먹고 버리지 않으려고 노력하는 건 내가 레즈비언이어서 더 그럴 거다. 차라리 걸그룹 팬픽을 쓰는 게 맘 편하지 싶다가도 또 그건 안 된단 말이지. 왜냐하면 레즈비언 이야기는 내 실제와 너무 가까워서… 결국은 내 이야기를 써버리게 될 것 같아! 그건 너무 부끄럽잖아! 그리고 난 레즈 섹스는 부끄러워서 못 쓰겠더라……. 그렇다고 게이 섹스를 잘 쓰는 것도 아니지만은……. 결국은 부끄럽다는 이야기. 물론 내가 레즈비언인 게 부끄럽다는 얘기는 아니다. 내 얘기를 할 거면 굳이 팬픽을 쓸 이유가 없다는 거지. 허구한 날 말하는 것 같지만 나는 팬픽이라는 장르에 진심이다.

2.   ✦

…라고 말하기엔 『4월 이야기』 연재가 멈춰 있은 지 거의 2년이 됐다. 읽어주시던 분들도 다 까먹으셨겠지? 이제 겨우 다시 쓸 준비가 된 것 같아서, 천천히 9편 이후의 플롯을 짜고 있다. 어차피 스포일러라는 게 무의미한 이야기라 앞으로의 과제를 좀 정리해보자면, 먼저 상처받은 호수의 마음이 다시 열리도록 해야 할 것이고, 무엇보다 중요하게는 이안이 자아를 찾아야 할 것이다. 이안은 호수를 사랑하면서 자아를 잃었으니까. 말하자면 호수를 향한 그의 사랑은 허공에 떠 있다. 단단한 대지에 뿌리내린 사랑이 아니기 때문에 그는 결국 자기 발에 걸려 넘어진 것이다. 그러므로 지속 가능한 해피엔딩을 위해서는 결국 이안이 변해야 한다. 이안이가 워낙 고집이 있는 캐릭터라 내 마음대로 잘 움직여주지 않는데, 그래도 잘 구슬려 원하는 방향으로 끌어가보려고 한다. 『4월 이야기』를 마무리할 준비가 되었다는 것은 곧 내가 D와의

이별을 극복할 준비가 되었다는 말. 내가 D에게서 벗어날 수 있게 되자 이안을 호수에게 돌려보낼 수 있게 되다니, 웃기지. 이제 나는 사람의 의지가 가지는 힘을 믿는다. 필연이 아니라, 운명이 아니라, 스스로의 의지에 의해 선택된 삶의 존엄함을 믿는다. 우리는 결국 헤어지고, 사람은 결국 떠나가지만, 중요한 건 그게 아니야. 중요한 건 만남과 이별 사이의 무수한 선택들이 만들어내는 기적 같은 순간들. 사랑을 믿는 사람에게는 사랑이 보일 수밖에 없어. 그러니까 호이야, 나는 너희를 반드시 행복하게 해줄 거야. 내가 책임지고 너희를 사랑하게 할 거야. 누나만 믿으렴.

◇　　　어제는 눈이 왔어요. 저는 남부지방에 살아서 눈을 볼 일이 잘 없는데(일 년에 한두 번 보면 많이 보는 거예요) 오랜만에 눈이 내려서 즐거웠어요. 이런 비일상적인 일이 생기면 꼭 여신님께 이야기하고 싶어지는데, 이런 게 사랑일까요. 사랑합니다. 히히. 여신님이 계신 곳에도 눈이 왔나요?

예전에 제가 엑스트라로라도 팬픽 속의 세상에서 살고 싶다는 이야기를 한 적이 있는 것 같은데, 이틀 전 여신님의 일기를 보니 정말 그러고 싶어졌어요. 저를 함부로 대하지 않아주실 거라는 믿음이 막 생기네요. 믿을 만한 창조주가 있다는 건 좋은 일 같아요. 현실의 저는 물고기에서 진화해 우연히 숨을 쉬게 된 생명체일 뿐이어서인지, 누군가 의도와 책임을 갖고 제 인생을 지켜봐주었으면 좋겠다는 마음이 듭니다. 누군가 **누나만 믿으렴**. 이라고 해주었으면 좋겠어요. 그러면 망설임 없이 믿고 저를 맡길 텐데!

....

└　◆　　　제가 사는 곳에도 눈이 왔습니다. 저는 서울에 살아서 눈이 내리는 게 드문 일은 아니지만 여전히 눈이 오는 날엔 기분이 좋아요. 눈이 내릴 때의 서걱서걱한 고요함이 참 좋습니다. 이건 기분 탓이 아니에요. 눈은 실제로 음파를 흡

수한대요. 같은 물인데, 비는 왜 그렇지 않을까요? 비는 시끄러워서 싫거든요. 다잉님도 전에 비를 싫어한다는 이야기를 해주신 적이 있는 것 같은데, 맞나요?

종교가 없으신 모양이네요. 저도 종교가 없어요. 우리의 운명을 관장하는 거대한 힘 같은 건 없다는 사실이 인간을 결정적으로 쓸쓸하게 만드는 것 같습니다. 제 경우엔 글을 씀으로써 제게 일어난 일들을 소화하고 삶에 대한 통제감을 어느 정도 회복했어요. 우리의 인생이 우리로서는 이해할 수 없는, 어떤 경향성도 없는, 그저 우연한 일련의 사건들로 이루어지는 것이라면, 소설 쓰기는 그 사건들에 임의로 개연성을 부여하는 작업이라고 생각합니다. 제 운명을 결정해주는 존재는 없지만 저는 제가 만든 인물들에 대한 책임을 질 수 있죠. 『4월 이야기』 속 호수와 이안에겐 제가 있지만 다잉님께는 다잉님밖에, 저에게는 저밖에 없으니까, 우리는 서로를 잡아줘야 할 거예요. 저는 다잉님께 답을 드릴 수 있는 사람은 못 되지만, 고민의 과정을 함께할 수는 있어요. 여길 다잉님의 일기장처럼 써주세요. 저는 늘 다잉님의 이야기를 듣고 싶습니다.

Chapter 5

본론

고등학교에서의 생활은 중학교에서의 그것과는 판이하게 달랐다.

　　나는 다른 도시에 자리 잡은 외고에 진학했다. 전국에서 모아놓은 우등생들은 놀라울 만큼 서로 닮아 있었다. 거의 대부분이 중산층 이상의 가정환경에서 자랐고 정도는 다를지라도 서로 비슷한 모양의 불안을 공유했다. 학교에 '그런 부류'는 단 한 명도 없었다. '노는 애들'도 없었다. 고만

고만한 애들 사이에서 조금이라도 튀는 구석이 있으면 놀랍도록 빠르게 입방아에 올랐다. 자기혐오를 해소하기 위해 타인을 미워할 준비가 되어 있는 아이들 사이에서, 나는 당연하게도 표적이 되었다. 그룹 과외를 함께 받겠냐는 제안을 몇 개 거절한 뒤로 나도 모르는 새 나에 대한 이야깃거리가 생겨나 있었다. 몰래 학교 선생님한테 과외를 받는다더라. 실력 좋은 과외 선생을 독점하려고 입을 다물고 있는 거라더라. 그룹 과외에 드는 돈이 부담스러울지도 모른다는 사실에 대해서는 누구도 생각하려 하지 않는 것 같았다. 나는 그들에게 보이지 않는 세계에 있었다. 눈만 돌리면 볼 수 있지만 볼 필요가 없어 누구도 보지 않는 세계, 그러므로 보이지 않는 세계에. 내게 보이지 않는 세계가 있었듯이.

지하철도 깔려 있지 않은 소도시에서 왔다는 사실, 주목을 받으면 말을 더듬는다는 사실, 키가 크고 걸음걸이가 어설프다는 사실, 심지어는 목도리를 남과 다른 방식으로 두르고 다닌다는 사실까지 모두 내 약점이 되어 아이들의 입에 오르내렸다. 어느새 나는 그들과 함께 나의 그런 면면들을 미워하고 있었다.

학교에서, 그다음에는 기숙사에서, 그다음에는 다시 학

교에서. 24시간 붙어 있어야 하는 아이들이었다. 그들은 자꾸만 나의 새로운 약점을 찾아냈고, 나는 숨 돌릴 틈 없이 남의 눈치를 봤다. 나에 대해 정확히 누가 어떤 말을 하고 다니는 건지 몰랐으므로 나를 보는 모두가 징그럽고 두려워졌다. 꾸준히 이어지는 J여신과의 필담만이 인간과의 교류에 대한 나의 욕구를 채워주었다. 절반 정도만 이해가 되는, 뜬구름 잡는 J여신 특유의 어법에는 현실을 잊게 하는 힘이 있었다. 그녀의 말투를 흉내 내어 방명록을 쓰다 보면 내게 일어나고 있는 모든 일이 그저 그녀에게 털어놓기 위한 이야깃거리처럼 느껴졌다.

여름방학 보충학습이 시작되기 전 잠시 진해로 돌아왔을 때, J가 만나자고 연락해 왔다. 왠지 그 애를 만나기가 망설여졌다. 그 애와 내가 공유했던 건 평범하지 않았다. 그때 나는 '평범하지 않은 것'에 대한 일종의 노이로제에 걸려 있었다. 남과 다른 사람이 되는 것이 겁났다. 나는 무리에 섞이고 싶었으니까. 예전엔 누가 우리를 '레즈'라고 하면서 더러워해도 신경이 쓰이지 않았는데, 이제는 아니었다. 나는 나와 J를 욕하는 바로 그 무리, 그 절대다수에 끼고 싶었다. 누구에게도 보이지 않을 만큼, 모두와 완전히 동일해지고 싶었다.

　그럼에도 불구하고 나는 J를 만났다. 친구라 부를 수 있는 사람과의 대화가 절실했기 때문이다. 우리는 새로 생긴 한 레스토랑에서 만났다. J는 나름대로 멋을 부린 차림이었다. 그 사실이 왠지 나를 불편하게 했다. 우리가 만난 레스토랑은 주문을 할 때 서버와 하이파이브를 해야 하는 곳이었는데, J가 하이파이브를 기다리던 서버 앞에서 내 의자를 빼주는 바람에 나는 괜히 그의 눈치를 봤다. 우리는 샐러드 파스타와 목살 스테이크를 먹으며 고등학교에서의 삶에 대해 대화를 나눴다. J는 여고에 진학했더니 바지 교복이 없어 죽을 맛이라며 우는소리를 했다. J가 나의 생활에 대해 묻자 나는 그 애에게 무언가를 증명해야 할 것 같은 생각이 들었다. 우리가 평범한 친구 사이가 아니었다는 명제를 거짓으로 만들기 위해, 그리고 J도 그렇게 생각하도록 하기 위해, 나는 다소 절박해졌다. 내가 진해에 남은 누구보다도 잘 살고 있으며 아무 문제 없이 외고에 적응한 '정상적인' 여고생이라는 사실을 J에게, 아니, 사실은 나에게 납득시켜야 했다. 있지도 않은 '썸남' 이야기를 했고, 새로운 친구들과의 에피소드를 과장해서 전달했다. 내가 '썸남' 이야기를 하자 J는 믿을 수 없다는 듯 "니가? 썸남?" 하고 몇 번이나 물었다. 나는 조금 자존심이 상해 "나 좋아하는 남자들도 있다고!" 하고 발끈했다. J는 어떤 주제에 대해서도 내가 예상한 반응을 보이지 않았다. 당연히 대화는 뚝뚝 끊겼다. 우리는 싸우지도 않았는데 서먹해져 레스토랑을 나왔다. 계산은 J가 했다. 당연히 반씩 나눠 내는 것으로 생각하고 있었는데, J는 한사코 자기가 계산하겠다고 했다. 밥을 먹고 나오자 피로가 몰려와 커피도 안 마시고 서둘러 집에 돌아왔다. 두어 시간 동안 없는 에너지를 긁어내 혼신의 연기를 펼쳤으니 당연한 일이었다. 우리는 유니버스 이야기도 팬픽 이야기도 글을 읽거나 쓰는 이야기도 하지 않았다. 나는 무언가를 잃은 기분에 한층 우울해졌다. 망설이는 듯한 J의 표정, 달싹거리기만 하다 끝내 열리지 않던 J의 입, 그런 것들이 오래 마음에 남았다.

  J는 다시 내게 만나자고 제안하지 않았다. 눈치가 빠른 아이였으니까. 그 사실에 대해 내가 느끼는 것이 안도감인지 서운함인지 알 수 없었다.

  나는 고등학교 시절 심한 우울증을 앓았고 그래서 그때의 기억이 거의 없다. 깨어 있을 때는 줄곧 유니버스의 노래를 들었고 틈이 날 때마다 책상에 엎드려 잤다. 나는 나의 의식이 무서웠다. 노래를 틀어 신경을 분산시키거나 잠으로 의식을 차단하지 않으면 자꾸만 죽고 싶다는 생각이 들었다. 매일 밤, 잠에 들면서 깨어나고 싶지 않다는 생각을 했다. 적극적으로 죽기를 시도할 용기는 없어서, 밤마다 누군가 기숙사에 침입해 내 목숨을 깔끔하게 앗아가주었으면 하고 바랐다.

내가 고등학교에 다니는 동안 이안은 열심히 일해서 솔로 앨범을 두 개나 내놓았다. 그의 자작곡은 언제나 괜찮다고, 참 힘들겠다고, 참 고생했다고, 자긴 다 안다고, 내 옆에 있어주겠다고, 괜찮을 거라고, 슬프지 않은 날이 올 거라고······ 말했다. 나는 그 말을 믿고 싶었다. 누구도 내가 살아 있기를 바라지 않는다는 치명적인 외로움에 잠길 때, 왠지 이안만은 내가 살아주기를 원할 것이라는 생각이 나를 붙들었다. 내 존재도 모르는 이안이 반사 상태인 내게 인공호흡을 해주는 것처럼 느껴지는 순간들이 있었다.

고등학교 2학년 때는 이안의 솔로 콘서트에 다녀왔다. 유니버스는 항상 서울에서만 콘서트를 했는데, 이안의 솔로 콘서트는 부산에서도 열려서 나도 가볼 수 있었다. 사람들에게 밀리고 쓸려가며 눈에 담은 이안의 실물은 화면에서보다 하얗고 말라 있었다. 그를 보자마자 눈물이 쏟아졌다. 나는 젖 먹던 힘까지 짜내 절규하듯 응원법을 외쳤다. 서로를 밀고 밀치며 개미떼처럼 바글대는 여자들의 열에 달뜬 얼굴을 보며, 나는 문득 아득해졌다. 나를 살게 하는 나의 유일한 사랑이, 이안의 눈에는 하나도 특별해 보이지 않을 것이라는 사실을 실감했다. 이안은 내게 감사했고, 이안은 나를 사랑했지만… 그 마음을 의심하지는 않았지만… 그건 내가 안드로메다의 일부이기 때문이었다. 내가 나라는 사실은 이안에게 조금도 중요하지 않을 것이었다. 이안을 향한 나의 사랑이 얼마나 유일하고 특별한지에 대해서는 누구도 관심 가지지 않을 것이었다. 그러나 사실은, 나와 비슷한 얼굴을 하고 있을 수많은 여자들, 거대한 하나의 덩어리처럼 보이는 그들의 사랑에도 각각의 서사와 당위가 있을 것이라는 사실. 그 서사와 당위를 거쳐 도달한 결론이 지금 나와 같은 공간에 있는 이안이라는 사실에까지 생각이 미치자, 나는 묘한 질투심과 동정심을 동시에 느꼈고, 그럴수록 목이 터져라 권이안! 권이안! 하고 외쳤다.

내가 고등학교에 진학한 직후 『4월 이야기』의 연재를 재개한 J여신은 빠른 속도로 새 편들을 업로드했다. 일기에 쓴 대로 그녀는 두 가지의 과제에 집중했다. 마침내 이안을 놓기로 한 호수의 마음을 돌리는 것과 이안이 스스로를 사랑할 수 있도록 하는 것. 상처를 극복하고 끝내 행복을 선택하는 이안과 호수를 볼 때에만, 나는 살아 있는 것 같았다.

대가리 터지게 고민했다. 이호수 바깥의 세상. 거기서 살아남은 지금의 내가 다시 이호수를 사랑할 수 있을지. 아무것도 바뀌지 않았다면 나는 또 도망쳐버릴 테니까. 내가 나를 못 믿는다.

눈 딱 감고 한 번만 더 나 사랑해주라. 이젠 길 잃지 않을게. 아니, 나는 길치니까… 또 길을 잃어도… 꼭 돌아올게. 지금처럼.

나는 이제, 이별의 가능성을 받아들인다. 이제야 비로소 그를 온전히 사랑할 수 있다. 모든 만남은 헤어짐을 담보하지만. 우리는 언젠가 헤어지게 되겠지만. 나는 내 의지로 이호수를 사랑하기로 선택했고 이 사랑을 지킬 것이다. 끝내 사랑을 선택할 것이다.

『4월 이야기』는 마침내 이안과 호수가 다시 연인이 되며 끝났다. 꽉 닫힌 해피엔딩. J여신이 잘 쓰는 표현대로, '지속 가능한 해피엔딩'이었다. 20편에서는 『4월 이야기』의 처음이자 마지막 '씬'도 등장했다. 나는 꼴깍꼴깍 침을 삼키며 그들이 벌이는 재회의 섹스를 감상했다. 호수와 이안은 많이 울었다. 그걸 읽는 나도 내내 울었다. 행복한데 불행하고 기쁜데 슬퍼서 울었다. 그때의 나는 감정 표현을 거의 하지 않았는데, 이안의 노래를 듣거나 『4월 이야기』를 읽을 때만 울었다. 내 감정을 이안에게 맡겨 놓은 듯이 그렇게 했다.

『4월 이야기』가 완결을 맞은 직후 나는 주민등록증을 발급받았다. 당연히 『4월 이야기』1편 생각을 했다. 이안은 열여덟에 호수를 만나 일생일대의 사랑에 빠졌다. 열여덟의 나는 우울증 때문에 하루의 절반을 잠으로 보냈고 고등학교 입학 때에 비해 13kg이 쪄 있는 상태였다. 이안과 달리 내게는 아무 일도 일어나지 않았다. 무슨 일이 일어나기를 바랄 힘도 없었다. 이안이 얼마나 반짝반짝 빛나는 사람인지 내 눈으로 목격한 뒤였으므로 당연한 일이라는 생각이 들었다.

그해 겨울방학에 진해 본가로 내려온 나는 매일 하염없이 속천 해안도로를 걸었다. 처음엔 집에서 잠만 잘 게 아니라 밖에 나가서 움직이며 살을 빼라는 엄마의 야단에 못 이겨 시작한 거였지만, 시간이 지날수록 좋은 말로는 루틴, 나쁜 말로는 강박 같은 게 되어갔다. 1.5km짜리 해안도로를 세 번씩 왕복하며 유니버스 노래를 들었다. 지금도 그 시절을 생각하면 하수구처리장 너머로 지던 태양과 비릿한 바다 냄새와 해군부대를 둘러싼 긴 담벼락, 운항이 끊긴 진해 카훼리 여객터미널이 떠오른다. 그 풍경을 배경으로 귓가를 채우던 이안, 호수, 카디, 테오, 진영, 유준의 목소리도.

진해는 빠르게 변하고 있었다. 내가 중학교에 다닐 때까지만 해도 스카이라인이랄 게 없던 풍호, 자은, 장천 일대에 우후죽순 아파트가 솟아올랐고, 2012년에는 첫 멀티플렉스 영화관까지 생겼다. "창원까지 안 가도 영화를 볼 수 있다고?" 내가 놀라자 부모님은 누굴 촌사람 취급하느냐고 내 어깨를 찰싹 때렸다. 내가 진해를 떠났다고 해서 진해가 나를 기다려주지는 않았다. 진해에 남은 이들이 어떻게 살고 있는지는 갈수록 짐작하기 어려워졌다. 열일곱 살 때의 짧은 만남 이후 J와 나는 드문드문 페이스북으로 서로의 안부를 확인했지만 따로 연락을 주고받지는 않았다. 진해와 나는 점점 멀어졌고 나는 그 사실이 별로 아쉽지 않았다.

수능을 치고 서울로 대학을 가면서 진해에서의 기억들은 곱절로 빠르게 희미해졌다. 성인이 된 데다 새로운 학교에 입학하고 서울로 진출하기까지 했으니 과일소주부터 지하철 노선도까지 모든 게 새로웠다. 총천연색의 현재 앞에서 과거는 생기를 잃었다. 나는 스무 살이 다 가기 전 해야 할 모든 경험을 해보기 위해 바쁘게 살았다. 서울 억양을 연습했고 살을 뺐고 짙게 화장을 했고 선배들의 번호를 땄다. 나오라는 모든 술자리에 나갔다. 같은 학교 공대생들과 미팅을 했고 홍대 클럽에 갔다가 탐앤탐스에서 밤을 새고 첫차로 귀가했다.

돌이켜보면 첫 남자친구를 사귄 것도 그런 노력의 일환이었다. 나보다 한 학번 위였던 그는 학생회 집행부 소속으로 신입생 환영회에서 신입생들을 통솔하는 역할을 맡았다. 제 주량을 모르는 신입생들이 하나둘 고꾸라질 무렵, 그는 내 옆자리로 오더니 내 술을 몇 잔 대신 마셔주었다. 그런데도 계속해서 벌칙에 걸리는 바람에 정신이 혼미해진 내가 결국 '시체방'으로 가려고 엉덩이를 털고 일어나자 그가 나를 따라 나왔다.

"다인아, 많이 취했어?"

서울말로 나를 다인아, 하고 부른 사람은 그가 처음이었다. "주다인!"에 익숙한 내겐 어딘가 간지러운 호칭이었다.

"네? 아뇨. 그냥 피곤해서……."
"그럼 오빠랑 나가서 산책 좀 할까?"

　신입생 환영회. 산책. 문득『4월 이야기』생각이 났다. **어둠을 틈타 함께 '산책'을 하러 나온 남녀가 쌍쌍이 흩어져 있었다.** 그 문장 속의 '남녀'가 된 기분에 묘하게 흥이 올랐다. 의도와 책임을 가진 누군가가 써놓은 극본을 연기하는 기분. 그런 안정감. 나는 선배와 흙길을 걸었다. 그가 입고 있던 과잠바를 벗어주었다. 나는 그의 말을 듣는 둥 마는 둥 하며 『4월 이야기』속 이안과 호수 생각을 했다. 이다음엔 어떻게 됐더라.

"난 네가 지방에서 온 줄 몰랐어. 너무 세련돼서… 사투리도 안 쓰네."
"선배, 저랑 키스하고 싶어요?"
"어?"
"키스하고 싶으시냐고요."

그는 뭐 이런 게 다 있느냐는 표정으로 머리를 긁적였다.

"어… 하고 싶긴 하지……."
"그럼 앉아보실래요?"
"여기?"
"네."

나는 그가 흙바닥에 앉도록 했다. 그러고는 그가 벗어준 과 잠바를 바닥에 깔고 그 위에 누워 선배의 허벅지 위에 머리를 기댔다. 선배의 머리 위, 얼어붙은 하늘 위로 별들이 흐르고 있었다. 산책하면서 술이 다 깨는 바람에 춥다는 생각밖에 안 들었다.

"이제 키스해보세요."

그가 고분고분 고개를 숙여 내게 키스했다. 쏟아지는 남자의 부피가 생소했다. 나는 눈을 감지 않았다. 축축한 키스가 이어질수록 정신은 더 말똥말똥해졌다. 사람들은 왜 이런 걸 할까. 혀가 섞인다는 표현은 잘못된 것 같다. 오히려 혀로 씨름을 한다는 게 더 적확한 표현 같다. 그런 생각을 했다. 선배가 얼굴을 물리자 내 시야에서 그의 얼굴은 자동으로 페이드아웃되었다. 나는 다시 별들을 관찰했다.

"선배, 기뻐도 슬프고 슬퍼도 기쁜 마음이 뭔지 아세요?"
"너 진짜 사차원이다."
"그래요?"

우리는 그렇게 연인이 되었다. 처음 탄생한 과씨씨여서 세간의 주목을 받았다. 뭔가를 해낸 기분이었다. 우리는 모든 과 행사에 동행했다. 그와 단둘이 시간을 보내는 것보다 다른 이들과 함께 노는 게 더 재미있었다. 사람들 앞에서 그가 내게 얼마나 잘해주는지 과시하는 게 좋았다. 연애라기보다는 역할놀이 같은 거였다. 모든 게 정해진 수순대로 흘러갔다. 사귄지 100일이 되자 반지를 맞췄고, 페이스북에 '연애 중'을 띄웠다. 나는 그와 한 데이트, 그가 내게 사준 꽃과 선물 사진들을 페이스북에 올렸다. 페이스북 댓글로 낯간지러운 대화를 나눴다.

우리는 서로의 자취방에 드나들며 섹스를 했다. 팬픽에 나오던 것과는 달랐다. 기분이 좋긴 했으나 너무 좋아서 '쾌락에 젖어 눈물이 흐른' 적도 없었고, '자지러지는 스팟' 같은 것도 없었다. 나는 팬픽에서 읽은 것 같은 신음 소리를 쥐어짰다. 역시나 팬픽에서 나온 대로 입에 그의 성기를 물어보기도 했는데 '공'에게 펠라티오를 해주는 것만으로 흥분하던 '수'들과는 달리 전혀 흥분은 안 되고 역겹고 숨이 막히기만 했다. 다시는 안 하겠다고 선언하자 그가 아쉬워했다. 한 번은 질 내 사정을 했는데 '안에서 뜨거운 것이 퍼지는' 느낌은 들지 않았고, 임신할지도 모른다는 공포만이 온몸과 머릿속에 질척하게 만연해졌다. 사후피임약을 처방받고도 다음 생리까지 내내 악몽을 꿨다. 여차하면 내가 책임질게. 무책임한 소리를 하는 남자친구를 죽여버리고 싶다는 생각을 했다. 또는 임신시키고 싶다는 생각을 했다.

나는 임신하지 않았고, 우리는 계속해서 섹스를 했다. 어느 날 나는 반쯤 충동적으로 그에게 물었다.

"오빠, 뒤에 손가락 한 번만 넣어봐도 돼?"
"어?"
"싫으면 말고. 궁금해서."
"야, 안 돼. 내가 게이도 아니고."

나도 실제로 할 용기까지는 나지 않아서 순순히 포기했다. 솔직히 그가 좋아하면 당황스러울 것 같기도 했다. 그날 밤에는 오랜만에 페니스가 달려 있는 꿈을 꿨다. 나는 꼿꼿한 성기를 남자친구의 항문에 박아 넣었다. 실제로 섹스를 했을 때는 느껴본 적 없는, 실체 없는 쾌감을 양껏 느꼈다.

남자친구가 내 어릴 때 사진을 보여달라고 해서, 혹시 중학교 때 사진 가진 게 있는지 물어보려고 페이스북에서 J를 검색했다. 그 애의 프로필에 '친구 추가' 버튼이 떴다. 그 애가 나와 친구를 끊은 것이었다. 잠시 멍해졌다. 어렴풋이 왜인지도 알 것 같아 아무런 대응을 할 수 없었다. 어두운 구석에 묻어둔 한 시절이 완전히 자취를 감춘 기분. 서글프지만 안심이 되었다. 어차피 없어야 맞는 시절이었다. 잊어야 할 기억이었다. 그 애는 나의 '흑역사'였다. 이제는 십대 시절의 가짜 즐거움과 작별해야 했다. 모든 건 진짜 연애를 경험할 수 없던 사람의 미봉책일 뿐이었고, 그래야 했다. 이제 나는 본론을 살고 있었다. 더 이상 서론에 집착해서는 안 됐다.

때마침 호수의 열애설이 터졌다. 상대는 일곱 살 연상의 여배우였다. 『4월 이야기』 속 다혜 생각이 나서 실없는 웃음이 샜다. 호수는 이안이 아닌 사랑을 했고 거기서 행복을 찾은 것처럼 보였다. 그 사실이 조금은 서운했다. 이안만의 남자인 줄 알았던 호수가 실은 별다를 것 없는 현실 속의 남자라는 사실이 분명해지자, 나는 차라리 후련한 기분으로 '탈덕'했다. 마침내 흠집 없는 완전한 어른이 된 것처럼 느껴졌다.

남자친구는 군대에 갔다. 나는 그에게 『4월 이야기』의 호수처럼 훈련소에서 매일 편지를 써 보내라고 주문했지만, 그의 편지는 호수의 것만큼 재치 있고 아름답지 않았다. 자신이 얼마나 힘들며 내가 얼마나 보고 싶은지를 똑같은 말로 28일간 써냈는데 편지가 아니라 반성문을 받는 기분이었다. 그는 두 번째 휴가에서 내게 거짓말을 하고 전 여자친구를 만났다. 나는 기다렸다는 듯 그에게 이별을 고했다. **"그만두자."** 『4월 이야기』 속 이안을 연기했다. 그는 호수처럼 무릎을 꿇고 비는 대신 화를 냈다. 군인한테 이러는 게 어디 있느냐고. 너 이렇게 개념 없는 애였냐고. 나는 또 이안의 대사를 읊었다. **"그만할래. 그만하고 싶어."** 그는 자리를 박차고 떠났다. 화가 난 그는 남은 휴가 기간 동안 과 사람들을 다 만나고 다니며 내가 얼마나 발랑 까졌으며 또

라이 같은 여자인지 이야기했다. 이별마저도 너무나 예상한 대로여서 슬프다기보다는 좀 안심이 되었다. 슬프지도 않은데 며칠간은 눈물이 났다. 시작부터 이런 끝을 계획해둔 것 같다는 생각이 들었다. '망한 씨씨' 경험담을 하나 적립했다는 것 말고는 남은 게 없는 연애였다. 그래도 '과거가 있는' 여자가 된 기분이 썩 나쁘지는 않았다.

서울에서 고작 2년여를 보냈을 뿐이었지만 그때 나는 이미 바다를 보면 "와! 바다다!" 하고 외치는 사람으로 변해 있었다. 바다가 반가우려면 먼저 바다와 멀어져야 했다. 그러니까 나는 어설프게나마 서울 사람이 되어버린 것이었다. 진해는 더 이상 집이 아니었고, 본가와 과거와 바다가 있는 곳일 뿐이었다. 그런 식으로 나의 세계는 변하고 있었다. 그 세계에선 바다 냄새가 나지 않았다. 호수와 이안은 서로를 사랑하지 않았다. 그 세계에서 나는 남자와 연애를 하다 헤어진 보통의 여자였다. 나는 우울하지도 살이 찌지도 유니버스의 노래를 들으며 눈물을 흘리지도 않았다. 본론의 세계는 서론을 몰랐다.

진해의 본가에서 가족들과 TV를 보던 때였다. 채널을 이리저리 돌리던 중, 어떤 목소리가 들려왔다. 뇌에서 생각을 거치기도 전에 귀가 먼저 알아듣는 목소리. 기억나지 않

는 어린 시절에서부터 끌어올린 것 같은, 어쩌면 희미한 전
생에서부터 온 것 같은 목소리. 반사적으로 리모컨을 눌러
다시 그 채널을 찾았다. 복면을 쓴 가수의 정체를 맞히는
프로그램이 방영 중이었다. 알록달록한 장식으로 꾸며 놓
은 노래방 조명 모양 복면을 쓴 남자가 〈취중진담〉을 부르
고 있었다. 누구지, 하는 질문이 채 떠오르기도 전에 이안
이라는 확신이 들었다. 그건 차라리 본능이나 직감 같은 거
였다. 한동안 나 자신의 목소리보다도 더 자주 듣던 음성이
었으니까. 너무나 익숙해서 이제는 '좋다'거나 '감미롭다'
는 감상도 내놓기 어려워진 목소리. 나는 설명할 수 없는
감정에 붙들려 그가 부르는 〈취중진담〉에 귀를 기울였다.
오래된 노래와 오래된 사람, 오래된 기억들이 귓가를 스쳤
다. 그리운 열기가 목을 타고 오르는 것 같았다. 아주 옛날
에 누군가의 입술이 닿았던 뒷목이었다.

　　처음부터 너를 사랑해왔다고

　　J여신 생각이 났다. 오랜만에 J여신의 홈페이지에 접속해
방명록을 남겼다.

◇　　　여신님 안녕하세요. 거의 6개월 만에 들어오네요. 새로 올라온 일기도 없어서 잘 지내고 계신지 궁금해집니다. 잘 지내고 계시겠지요?

저번에 말씀드린 남자친구와 헤어졌습니다. 걔가 군대에 간 뒤에 헤어져서인지 별 타격이 없어서 허무하네요. 어른이 되고는 드디어 『4월 이야기』 속 호이가 한 것 같은 사랑을 해보고 싶었는데 그게 잘 안 돼요. 고대했던 모든 '첫'이 시시하다는 생각이 듭니다. 이렇게 문학적인 데가 없는 삶도 있는 것이겠지요. 앞으로 모든 게 얼마나 더 시시해질까요?

어른 2년 차인 제게 어른이 되는 일이란 어린 시절을 떠나보내는 일 같아요. 어른이 되기 전의 삶에서 가장 중요했던 것들이 인사도 없이 사라질 때, 그리고 무엇보다도 제가 그런 작별들에 별다른 감흥을 느끼지 못할 때 어른이 되어버렸다는 생각이 들어요. 네, 유니버스 이야기를 하는 게 맞아요. 작년에 탈덕한 것 같다고 방명록을 남겼었는데 지금은 확실히 탈덕한 상태입니다. 이호수의 연애가(상대가 하필 7살 연상이라니… 노스트라다무스가 되신 기분이 어떠세요) 기점이 된 건 맞지만 성인이 되고 나서는 쭉 예전 같지 않았어요. 저 자신보다 유니버스를 더 사랑한다고 믿던 시절이 있었는데, 지금은 그때가 아득하기만 합니다. 그렇다고 저 자신을 더 사랑하게 된 것도 아닌데. 그 사랑은 다 어디로 갔을까요? 그냥 제가 너무 커버린 걸까요? 그런 사랑은 결국 미성숙의 증거일 뿐일까요?

최근에 우연히 이안이 〈취중진담〉을 부르는 걸 들었어요. 그 목소리가 너무 익숙해서 기분이 이상했어요. 예전처럼 좋고 가슴이 떨리고 막 울렁거리고 눈물이 나는 게 아니라 뱃속이랑 목이 따뜻해지는 느낌이 들었는데 말로 설명하기가 어려워요. 이안이 잘나가고 행복했으면 좋겠지만, 이제 그게 저의 행복과는 무관하다는 느낌. 이안이 제게 타인이 되다니요. 이상합니다. 이게 맞는 거겠지만 역시 이상합니다.

....

└   연애를 하느라 바쁘셨군요! 다잉님이 어엿한 성인이 되시다니 제 나이가 확 실감 나네요.

문학적인 삶이 따로 있는 게 아니라, 삶에 대해 쓰면 그게 문학이 되는 거라고 생각해요. 다잉님의 삶이 문학적이지 않은 게 아니라, 문학이 아직 다잉님의 삶을 모르는 것일 수도 있을 거예요. 다잉님이 전 남자친구를 사랑했든 사랑하지 않았든 그 경험은 얼마든지 문학적인 것이 될 수 있다고 생각합니다. 그리고 다잉님께는 호이의 사랑과는 다른, 다잉님만의 사랑이 꼭 올 거예요. 적어도 저는 그렇게 믿고 있습니다. 저에게도 다잉님에게도 지속 가능한 해피엔딩이 찾아올 것이라고. 왜냐하면 우리는 사랑에 대해 생각하고 사랑을 믿는 사람들이니까요.

어른이 되는 일은 정해진 지표를 달성해가는 일이라기보다 표지판 없는 길을 그냥 무작정 걷는 일에 가깝다고 생각합니다. 얼마큼 왔는지 얼마나 더 가야 할지 모르는 상태에서 한 번씩 뒤돌아보면 문득 '어, 이만큼이나 왔네' 하게 되는 것. 다잉님이 성인이 되셨을 때 오랜만에 그런 순간을 맞이했어요. 『4월 이야기』 완결을 냈을 때도 그랬고요.

예전에 슬픔에 유독 예민한 사람들이 있다는 이야기를 한 적이 있었죠. 다잉님도 저도 그런 사람들인 것 같다고요. 우리 같은 사람들에게 살아 있는 것은 결국 죽음들을 목격하는 일이라는 생각을 합니다. 우리가 결국 죽는다고 해서 우리의 삶이 의미 없어지는 것이 아니듯이, 우리가 결국 헤어진다고 해서 함께 있는 시간 동안 나눈 것들이 사라지는 것은 아니겠죠.

전보다 방문이 뜸해지셔서 궁금하기도 하지만 한편으로는 잘 지내시는구나 싶어 마음이 놓여요. 잘 지내셨으면 좋겠어요.

최근에 이안이가 트위터에 자주 오거든요. 새벽에 잠이 잘 안 오나 봐요. 어제 트위터에서 이안이가 한 팬한테 해준 말이 참 좋아서 저도 다잉님께 같은 말을 끝인사로 건네봅니다. 당신에게는 행복만이 당연하기를.

『4월 이야기』완결 이후, J여신의 일기는 점점 뜸해졌다. 일기에 바쁘고 피곤하다는 말이 많아진 것과 상관있는 것 같았다. 그래도 내가 몇 개월에 한 번씩 찾아가 방명록을 남기면 그녀는 꼬박꼬박 댓글로 답장해주었다. 그러다 2015년 중순부터는 방명록을 남겨도 댓글이 안 달리기 시작했다. 댓글 없는 방명록 4개를 남기고 나니 J여신이 돌아오지 않을 것이라는 사실이 확실해졌다. 이번 작별 역시 제대로 된 인사 한 번 없이 이루어졌고, 나는 아무렇지 않았다. 십대 시절과 나를 연결하는 마지막 끈이 툭 하고 끊어지는 소리가 들리는 것 같았다.

2016년 4월 23일, 이안은 자살했다.

나는 그 소식을 중간고사 공부 중 열람실에서 접했다. 내 눈을 믿지 못해 트위터 타임라인을 몇 번이나 새로고침했다. 갑자기 토악질이 밀려와 화장실에 달려가서 토했다. 손이 벌벌 떨리고 숨이 쉬어지지 않았다. 화장실 칸 안에 앉아 한참이나 시큼한 침을 삼켰다.

이안이 죽었다. 빛과 사랑과 위로에 대해 노래하던 그가, 누군가의 행복을 빌어주는 데 망설임이 없던 그가, 누구에게도 상처 주고 싶지 않다고 몇 번이고 말하던 그가, 스스로에게 회복 불가능한 치명상을 입혔다. 괜찮다고, 참 힘들겠다고, 참 고생했다고, 자긴 다 안다고, 내 옆에 있어주겠다고, 괜찮을 거라고, 슬프지 않은 날이 올 거라고…… 그건 위로가 아니라 구조 신호였다. 8년에 걸쳐 그가 보낸 구조 신호를 나는 염치없이 즐기고 있었던 것이다. 내가 그에게서 위로받고 더 이상 그 위로가 필요 없어질 만큼 단단해지는 동안 그는 외로웠던 것이다. 스스로를 죽이고 싶어질 만큼. 분명 이안은 나를 살게 했는데. 이안이 사라졌는데도 나는 죽지 않았다. 이제 나는 죽고 싶지 않았다. 그 사실이 미안해서 견딜 수가 없었다. 그와 나를 연결하는 가느다란 끈을 붙잡고 나는 깜깜한 동굴에서 빠져나왔는데. 다른 한쪽 끝은 어떻게든 이안에게 닿아 있었을 텐데. 모두 내 착각이었을까. 언젠가 예감했듯 내 사랑은 전혀 특별한 것이 아니었다. 내 사랑은 그를 살리지 못했다.

이안을 사랑한다고 믿었던 날들. '탈덕' 이후 더 이상 그를 사랑하지 않았던 날들. 그 시간의 무게가 고스란히 죄책감이 되어 어깨 위에 내려앉았다. 이안이 살아 있는 일을 버거워하는 동안, 나는 겨우 이안의 페니스와 항문에 대해 생각했다는 사실이 못 견디게 역겨웠다. 각각의 당위를 거쳐 그에게로 도달했을 수많은 이의 욕망들이 못 견디게 징

그러웠다. 그걸 감당하던 이안이 죽었는데도, 우리는 살아 있었으니까.

그의 노랫말들이 SNS를 가득 메우고 그의 노래들이 음원 차트 1위를 석권하는 것이 끔찍하게 느껴졌다. 정작 그가 살아 있을 때는 그의 음악을 제대로 취급한 적 없는 사람들, 가볍지만 명백한 악의를 담아 그를 조롱하던 사람들조차 입을 모아 그를 '진정한 뮤지션'으로 추대했다. 이안은 죽음으로써 마침내 모두에게서 사랑받게 된 것 같았다. 구역질이 났다. 다른 이의 타당한 추모까지도 미워질 만큼, 방향을 특정할 수 없이 사방으로 들끓는 분노가 나를 사로잡았다.

누군가와 이안에 대해 이야기하고 싶었다. 내가 얼마나 괴로운지. 괴로운 것조차 얼마나 미안한지. 그가 내게 얼마나 큰 위로를 줬는지. 얼마나 사랑했는지. 그러나 사람들은 그런 데 관심이 없었다. 이안이 어떻게 죽었는지, 그의 유서가 어디에서 발견됐는지에 더 관심이 있었다. 그렇게 빛나던 사람이 세상에서 사라졌는데, 사람들은 변함없이 일상을 살았다. 오히려 그의 극적인 죽음에 묘하게 도취되어 있는 것 같기도 했다. 어떤 사람의 실존이 아름다운 비극으로 소비되어가는 가는 과정을 나는 참담한 마음으로 지켜보았다. 소리 지르고 싶었다. 어떻게 이럴 수가 있느냐고, 지나가는 사람의 멱살을 잡고 이안에게 사과하라고 하고 싶었다.

J여신과 이야기하고 싶었다. 하지만 그녀는 사라지고 없었다. 인적 없이 버려진 홈페이지에서 광고글에 뒤덮인 방명록에 대고 이안의 이야기를 했다. 토하듯 내 마음을 쏟아냈다.

여신님, 어디 계세요. 괜찮으세요. 저는 괜찮지 않은 것 같습니다. 이안, 이라는 이름을 쓰는 것조차 미안할 정도로 미안합니다. 혼자 얼마나 힘들었을지 생각하면 견딜 수가 없습니다.

그때 말씀하셨던 죽음으로 가는 에스컬레이터, 이안이도 거기에 타고 있었던 걸까요. 등나무꽃으론 부족했던 걸까요. 제가 어떻게든 손을 내밀었다면 뭔가 달라졌을까요. 위로 위로 걷다가 마침내 멈췄을 이안이의 다리를 생각합니다. 살아 있는 일이 그렇게 피곤했을까요. 숨쉬는 일이 그렇게 버거웠을까요.

호이니 뭐니 했던 일도 다 후회됩니다. 이안이가 자기 의지를 가진, 살아 있는 사람이었다는 사실이 지금처럼 명확한 때가 없었어요. 여신님도 잘못하셨잖아요. 그렇잖아요. 알량한 우리의 사랑은 그를 살리지 못했습니다. 이안이가 걱정된다고, 밝은 사람의 어두운 모습을 봐주는 사람은 잘 없다고 하셨잖아요. 그때 뭔가 하지 그러셨어요. 아셨잖아요. 알면서 왜 팬픽이나 쓰고 있었어 왜 그랬어 왜 그랬냐고 이안이한테 사과해 잘못했다고 하라고 얼른

이안이를 사랑하면서 받았던 위로를 다시 뱉어낼 수 있다면 그러고 싶어 그걸 다시 이안이한테 주고 싶어 내가 다시 외롭고 불행한 십대가 되어서 그를 살릴 수 있다면 꼭 그렇게 하고 싶어

어디 갔어요 왜 없어졌어요 왜 나만 두고 갔어요

당연히 답장은 없었다. jardindej.er.ro는 이미 폐허였다. 그곳에 부서진 내 마음의 조각을 버렸다.

J 생각이 났다. 그 애는 괜찮을까. 이안이 자살하는 내용의 팬픽을 쓴 그 애는. 살기 위해 글을 썼던 그 애는. 하지만 그 애에게 연락하는 것은 얼토당토않은 일이었다. 마지막으로 J와 대화한 지는 6년이 흘러 있었고, 이제 우리는 페이스북 친구도 못 되는 사이였다. 불쑥 연락해서 이안의

이야기를 하는 건 어떻게 생각해도 부적절했다. 데뷔 초 이안이 허리 부상을 당했을 때 식음을 전폐했던 J는 이 소식을 어떻게 견뎌내고 있을까. 마음이 마구 쓰라렸다.

산 사람은 살아야지. 괴로워하는 내게 사람들이 말했다. 그러나 어떻게? 이안이 없는데 어떻게 살아야 하는지는 누구도 가르쳐주지 않았다. 이안을 사랑했던 사람들은 많고 많았지만 결국 이안의 죽음 앞에서 나는 혼자였다. 나는 그를 사랑한 것일까, 소비한 것일까. 일방적인 내 사랑이 그를 한층 더 소외시킨 것은 아닐까. 고민했다. 플레이리스트에서 유니버스의 노래를 모두 지웠다. 트위터에서 '이안'이라는 단어를 뮤트했다.

내가 이안의 목소리를 다시 들을 수 있게 되기까지는 2년이 걸렸다. 내 의지는 아니었고, 친구들과 술집에 앉아 있다 무방비로 듣게 된 것이었다. 유니버스의 정규 1집 타이틀곡 〈Fallin' For You〉. 소름이 삐쭉 돋을 만큼 익숙한 전주가 귓가를 덮치고 '도입부 요정'이라 불리던 이안의 목소리가 들렸다. 몸이 얼어붙었다.

오늘 밤 어둠을 가르는 리듬

그 무엇도 난 두렵지 않아

달콤한 추락 fallin' for you

　입천장에 혀를 꾹, 눌러 정직한 리을로 '리듬'을 발음하
는 이안. 'r' 발음은 시도조차 않는 그의 귀여운 곤조. 나도
모르게 피식 웃었다.

　입 밖으로 튀어나올 것처럼 심장이 뛰지도, 숨이 막히고
눈물이 차오르지도 않았다. 마음이 조금 욱신거렸지만 그
뿐이었다. 마침내 그를 보내줄 수 있을 것 같았다. 그날 집
에 돌아가 나는 유니버스의 노래를 한 곡씩 차근차근 들었
다. 가사가 슬프지 않은 댄스곡부터 들었다. 눈물이 나면
나는 대로, 끊지 않고 들었다. 무슨 의식을 치르듯이 그렇
게 했다. '탈덕' 후의 노래를 듣는 게 조금 더 힘들었지만,
결국 해냈다. 삶과 사랑을 노래하는 이안의 목소리에는 생
기가 넘쳤다. 노래 속의 그는 여전히 살아 있었다.

　살아 있는 것은 결국 죽음들을 목격하는 일. 나는 살아 있었다.

　그래서 그 후에도, 문득 이안을 생각하면 눈물이 흐르는
밤들이 있었다.

　그런 밤들 중 하나에 차단해 두었던 이안의 트위터 계정
을 다시 들여다보았다. **당신에게는 행복만이 당연하기를.** J여

신이 내게 전했던 그 말은 한 고등학생의 멘션에 대한 답장이었다.

'올해 고3이에요. 고3이니까 당연한 거지만, 다들 힘들겠지만, 정말 죽도록 힘들어요. 오빠 노래를 들을 때만 사는 것 같아요. 이안 오빠 많이 사랑해요.'

그렇게 말한 사람에게 이안은 답했다.

'다른 사람도 다 힘들다고 해서 내 불행이 당연하다고 생각하면 안 돼요. 그건 너무 슬프잖아요. 너무 힘들면 그만해도 돼요. 일단 살아 있는 게 중요하죠! 당신에게는 행복만이 당연하기를.'

뒤늦게 J여신에게 사과를 해야 한다는 생각이 들었다. 2년 만에 jardindej.er.ro에 접속했지만 페이지를 찾을 수 없다는 알림만이 뜰 뿐이었다. 『4월 이야기』가, jardindej.er.ro가, J여신이 실재했다는 사실을 믿을 수 없을 만큼 감쪽같은 증발이었다. J여신은 횡설수설하는 내 마지막 방명록을 봤을까. 내가 그런 방명록을 쓰기는 한 건지. 모든 게 있었던 일인지. 이제는 그것조차 알 수 없었다.

밀물처럼 밀려왔다 썰물처럼 사라진 사람이 너무 많았다.

다이네 허니

허니를 만난 것은 2018년의 여름이었다.

그녀는 내 친구 수아가 속한 아마추어 밴드 '슈퍼 슈팅 스타'에서 베이스를 연주했다. 대학로의 한 술집에서 '슈퍼 슈팅 스타'의 공연이 있었고, 초대를 받은 나는 퇴근 후 바삐 그곳으로 향했다. 출처를 알 수 없는 찌든 내와 어두컴컴한 조명, 싸구려 방향제 냄새가 어느 날의 노래방을 생각나게 했다. 공연은 이미 진행 중이었다. 발걸음을 재촉하던 나는 흘러나오는 노래를 듣고 잠시 멈칫했다.

그대의 손을 잡고 모르는 세상으로 달려
더 이상 슬픔은 없을 거예요

밴드 버전으로 편곡한 이안의 첫 솔로 앨범 타이틀곡,
〈웜홀〉이었다. 이안이 떠난 후 〈웜홀〉을 듣는 건 처음이었
다. 나는 조금 긴장한 채 병맥주를 하나 사 들고 출입구에
서 가장 가까운 자리에 앉았다. 심장이 두근거렸다. 그때,

허니가 내 삶에 풍덩 뛰어들었다.

굽실굽실한 긴 머리에 헤드밴드를 하고, 헐렁한 검은 맨
투맨에 역시나 헐렁한 검은 트레이닝팬츠를 입은 차림으
로 눈을 감은 채 둥둥, 손가락으로 베이스를 울리는 마르고
키가 큰 여자에게, 나는 첫눈에 반해버렸다. 거짓말 같은
사랑의 예감. 이 사람을 사랑하게 될 거라는, 아니 내가 아
는 모든 감정을 동원해 사랑하고야 말겠다는 선명한 의지
가 떵 하고 골을 울렸다.
공연이 끝나고 나는 수아를 앞세워 '슈퍼 슈팅 스타'의

뒤풀이 자리에 끼었다. 술자리 내내 허니만을 바라봤다. 수아가 집요한 내 시선을 알아채고 왜 그러느냐고 물을 정도였다. 수아는 집에 갔지만, 허니가 2차에 간다기에 나도 따라갔다. 2차를 마무리하고 그녀와 인스타그램에서 서로를 팔로우했다. 언젠가의 데이트에서 어떤 남자가 내게 한 대로, 나는 술에 취한 허니를 택시에 태워 보낸 후 택시 번호를 메모했다. 집에 돌아가 화장을 지우며 이게 대체 어떻게 된 일인지, 내가 무슨 짓을 한 건지 천천히 생각해보았다. 이런 식으로 갑자기 여자를 좋아하게 될 수가 있나? 그녀를 만나고 말까지 섞은 이상 그녀를 사랑하지 않기란 불가능했다. 허니에게 첫눈에 반했다는 사실이 너무나 분명했기 때문에 다른 모든 것들은 단숨에 희미해졌다.

나의 구애는 길고 서툴고 끈질겼다. '구애'라는 낡은 어휘로밖에 설명할 수 없을 만큼 촌스러웠다. 이를테면 이런 식이었다. 나는 책을 읽다 '허니'라는 말을 발견할 때마다 허니에게 전송했다. '허니'는 영어권에서 가장 많이 쓰이는 애칭 중 하나이므로 나는 꽤 자주 그녀와 연락을 주고받을 수 있었다. 누군가의 무수한 허니들은 낭만적인 사랑에 빠지기도 했고 납치를 당하기도 했고 아이를 버리기도 했고 부모와 화해하기도 했는데, 그들 중 누구도 레즈비언은 아니었다. 그 사실이 나를 묘하게 의기소침하게 했다. 허니의 답장은 'ㅎㅎㅎ재밌네 고마웡'에서 '이거 무슨 책이야? 나도 읽어볼래'로 변화해 갔다. 그런 날들이 쌓여 우리는 연인이 되었다.

그날 우리는 이태원의 한 술집에 마주 앉아 있었다. 나는 마티니를 두 잔째 마시는 중이었다. 너무 긴장을 해서인지, 그녀와 술을 마시면 좀처럼 취하지를 않았다. 무슨 말을 해야 할까. 네가 좋아. 네가 너무 좋아. 도무지 다른 생각을 할 수 없을 만큼. 지금 너의 말소리조차 들리지 않을 만큼. 그런 생각에 빠져 올리브를 휘휘 젓던 중, 허니가 무언가를 종용하듯 내 다리를 발로 살짝 찼다.

"아야."

"야. 말할 때 되지 않았어?"

"응?"

"사귀자고 안 할 거야?"

나는 할 말을 잃고 거의 노려보다시피 허니를 쳐다보았다. 고마워서 눈물이 다 날 지경이었다. 널 절대 힘들게 하지 않을게. 손에 물 한 방울 묻히지 않을게. 나는 어김없이

진부한 말로 다짐했고, 허니는 쏟아져 내리는 별빛처럼 와
르르 웃었다.

"너는 애가 너무 비장해."

"미안. 별로야?"

"별로이긴 한데 귀여워."

아, 망했다. 미간을 찌푸린 허니가 살며시 내 손등을 간
질이며 말했다.

"별로인 점이 귀여워지면 답 없는 건데."

"너는 별로인 점이 없어."

"그럼 내가 더 답 없는 거야. 내가 더 좋아하는 거네."

"말도 안 돼."

우리는 사귀기 시작한 지 3개월 만에 살림을 합쳤다. 같
은 집에 살면서도 허니는 자주 내게 쪽지를 남겼다. 말미
에는 항상 '다이네 허니'라는 말이 쓰여 있었다. 독일어로
그건 '당신의 허니'라는 뜻이었다. 다인의 허니. 그런 채로
3년을 더 사귀었다.

Epilogue. 다이네 허니

우리는 헤어졌다. 대개의 이별이 그렇듯 여러 가지 이유가 겹쳐 벌어진 일이었지만 단 하나의 이유 때문에 집행된 것이기도 했다. 결정적인 순간은 어느 밤, 응급실에서 있었다. 그날 허니는 맨손으로 와인 잔을 씻다가 손을 깊이 베었다. 나는 식은땀을 흘리며 응급실로 차를 몰았다. 보호자신가요? 응급실 입구의 원무과 직원이 물었다. 네. 네. 나는 정신없이 고개를 끄덕였다. 환자분과 관계가 어떻게 되세요? 그가 다시 물었다. 나는 순간 말을 잃었다. 겨우 대답했다. 친구요. 피가 뚝뚝 떨어지는 손을 한 허니가 축축한 눈빛으로 나를 쳐다보았다.

허니의 손을 꿰맬 때 나는 원무과에서 서류를 작성했다. 무의식적으로 환자 이름을 '허니'라고 썼다가 두 줄을 찍찍 긋고 다시 썼다. '김채헌'. 그 순간 마음이 바스락, 하고 무너졌다. 최대치로 긴장했던 몸에서 힘이 쭉 빠졌다. 서류 앞에서. 이토록 견고한 시스템 앞에서 허니는 다이네 허니가 아니라 김채헌. 나는 허니의 다인이 아니라 김채헌의 친구, 그냥 주다인. 그곳에는 우리의 자리가 없었다. 아무 일도 일어나지 않았고 아무도 나를 비난하지 않았는데, 그 '없음'을 확인한 것만으로 나는 형편없이 초라해졌다. 아마 허니도 비슷한 기분을 느꼈을 것이었다. 어쩌면 내가 미처 기억하지 못한 과거의 많은 순간들에도.

집으로 돌아가는 차 안에서 손에 붕대를 감은 허니가 말했다. "나 너랑 헤어질까 봐. 가끔 못해 먹겠다는 생각이 들어." 나는 일단 자고 내일 이야기하자고 했다. 다음 날 허니는 아무 말이 없었다. 그런 채로 몇 달이 더 흘렀고 나는 그녀와 나 사이의 무언가가 죽어가는 것을 실시간으로 지켜보았다. 내가 하나 남은 와인잔을 깨뜨렸을 때 허니는 마침내 헤어지자는 말을 했다. 다치지 않게 조심해. 아니 가만히 있어, 내가 치울게. 그리고 우리 헤어지자. 나는 기어들어가는 목소리로 왜냐고 물었다. 허니는 허탈하게 웃었다. 너 잘못한 거 없어. 그냥 내가 너무 힘들어. 너무 힘들면 그만해야지. 나는 수긍했고 허니는 조금 더 웃다가 결국 울었다. 나는 울지 않았다. 결정적인 순간에는 언제나 눈물이 나지 않았다. 이 사랑을 진공상태에 넣었다면 우리는 어떤 결말을 맞았을까. 궁금했다.

헤어진 지 1년이 되어갈 무렵 전세금을 정리하는 문제로 오랜만에 허니를 다시 만났다. 내내 망설이는 듯하던 그녀는 헤어지기 직전 말했다. 사실 결혼을 준비하고 있다고. 상대는 나도 아는 사람이었다. 허니가 자주 '이쪽' 친구들이라고 부르곤 하던, 레즈비언 마작 동호회 사람들 중 하나. 너를 만나면서 한눈판 건 아니야, 정말이야. 믿어줬으면 좋겠어. 허니는 눈물까지 글썽였고, 나는 그 말이 사실임을 알았다.

결혼에 대해 말을 아끼던 허니는, 생각보다 내가 괜찮아 보이자 이런저런 이야기를 마저 늘어놓았다. 우리 둘 다 드레스보단 바지 정장이 어울려서, 정장을 입고 할 거야. 식이라기보다는 그냥 파티처럼, '이쪽' 친구들을 잔뜩 초대해서, 맛있는 거 나눠 먹고, 춤도 추고 그러려고. 우리 부모님은 안 오시는데, 걔 부모님은 오셔. 한복도 맞추신대. 신기하지. 그런 말을 하는 허니는 행복해 보였다. 나를 거쳐간 사람이 결국 행복해졌다면 내게도 좋은 일이었다. 진심으로 그렇게 생각했다.

결혼이라는 게 우리에게 가능한 선택지였다는 사실을 나는 몰랐다. 가능이야 하겠지만 결국 아무 의미 없는 일이라고 생각했다. 허니가 가끔 레즈비언들도 결혼을 하더라, 같은 말을 하면, 우리도 이미 결혼한 거나 다름없지 않아? 하고 넘기곤 했다. 어차피 시스템 안에 우리의 자리는 없는데. 어차피 서류상으로 우리는 남남일 뿐이고, 죽는 날까지 그렇게 남을 텐데. 그렇게 내가 우리의 '없음'에 천착하는 동안 허니는 시스템 밖에서라도 우리의 '있음'을 증명하고 싶었을 것이다. 말하고, 기념하고, 축하받고 싶었을 것이다.

　나는 허니와 연애를 하면서도 스스로를 레즈비언이라고 정의하지 못했다. 그럴 필요가 없었다는 말이 더 정확하겠다. 허니와 함께일 때 나는 허니로 충분했다. 나는 허니와의 해피엔딩을 꿈꿨지만 실은 그게 어떤 형태여야 하는지 잘 몰랐다. 그만큼 허니를 사랑했다는 뜻이고 동시에 그녀가 뭘 원하는지 전혀 몰랐다는 뜻이다.

　결국 허니와의 이별이 나를 레즈비언으로 만들었다. 레즈비언이 되는 데는 숙고와 선택의 과정이 필요했다. 적어도 내게 그것은 선택의 문제였다. 사랑하는 마음이야 어쩔 수 없다고 해도, 그 마음을 어떻게 호명할지는 내게 달린 일이었으니까. 나는 그것을 실수라고, 방황이라고, 일탈이라고 부르고 싶지 않았다. 얻는 것보다는 잃는 게 많아질 수도 있었다. 여기는 팬픽 속이 아니었으므로. 나의 사랑은 당연한 게 아니었다. 나는 어느 밤의 응급실에서처럼 순식간에 초라해질 수 있었고, 그럴 때마다 나를 변명해야 할 것이었다.

　그러나 팬픽 속의 인물들처럼, 나는 사랑을 찾고 싶었다. 새로운 연애가 아니라 **지속 가능한 해피엔딩**을 원했다. 그래서 나는 그저 '허니를 사랑했던 여자'가 아니라 레즈비언이 되어야 했다. 결국 사랑을 한다는 건 나를 다시 쓰는 일이었다. 나를 선택하고 나를 갱신하는 일이었다.

경제적으로 완전히 독립한 시점, 부모님에게 커밍아웃을 했다. 그들은 오락가락했다. 그래, 우짜겠노, 니는 다 큰 성인인데. 그렇게 말했다가도 어느 날 느닷없이 남자를 소개해주겠다고 제안했다. 나는 꿋꿋이 대답했다. 내 동성애자다. 받아들여라. 그러면 그들은 얼마간 화를 내다가, 결국 풀이 죽었다. 그런 날들이 이어지던 무렵 엄마는 불쑥 털어놓았다.

"사실 이렇게 될 줄 알았다."
"어떻게? 나는 상상도 못했는데."

내가 놀라자 엄마는 웃어야 할지 울어야 할지 모르겠다는 얼굴을 했다. 그러고는 물었다.

"J랑 그런 사이 아니었나?"

J. 너무 오래 잊고 있던 이름이었다.
사랑이었구나. 그 순간 깨달았다. 나 아닌 사람의 눈에는 다 보였구나. 어쩌면 J는 나보다 먼저 알았을 것이다. 교내 백일장 이면의 역학관계에 대해 그랬듯이. 틀리지 않으려는 나 때문에. 내가 만들어낸 편견과 허상이 내 눈을 가리는 동안. 그 애는 외로웠겠구나.

그 이후 한동안 J의 근황이 참을 수 없이 궁금했다. 계속해서 글을 쓰고 있을지. 대학에 진학했을지. 어떤 식으로 이안의 죽음을 살아냈을지. 나처럼 여자를 만나고 있을지. 연락을 하고 싶어도 할 방도가 없었다. 집착이 심했던 세 번째 남자친구와 헤어진 후 페이스북 계정을 지웠고, 핸드폰을 두 번 바꾸는 사이 그 애의 번호는 어디론가 날아가버렸다. 사실 연락을 할 수 있어도 하는 게 맞는 일일지 확신이 서지 않았다. 무슨 말을 할 수 있을까. 나, 레즈비언이 되었다고? **처음부터 너를 사랑해왔다고?** 이미 내가 그 애에게 준 상처는 주워 담을 수 없었다. 그때 그게 그 애의 몫이었듯이 지금의 후회는 오직 내 몫이었다. J는 자신을 홀로 남겨두고 정상성의 세계로 도망쳐버린 나를 원망했을까. 미워했을까. 그리워했을까. 완전히 잊었을까. 반복해서 J의 꿈을 꿨다. J와 만나기로 한 뒤 약속 장소에 나온 J를 본 내가 도망치는 꿈이었다. 나는 밤마다 J를 남겨두고 산으로, 들로, 바다로, 하늘로 도망쳤다. 매일 밤 오늘만은 그러지 말자고 굳게 다짐해도 꿈속의 나는 달아나기만 했다. 그 사실에 마음이 아팠다.

진해 본가의 서재에서 그 애가 준 시집을 찾아보려 했으나 실패했다. 온 집 안을 뒤졌지만 그것은 사라지고 없었다. 마침내 『당신의 첫』을 읽을 준비가 되었는데. 그것은 이미 내 손에 없었다. 대신 중학교 졸업 앨범을 찾았다. 나와 J가 같은 페이지에 있었다. 여자 반에서 혼자 남자 교복을 입은 J는 눈에 확 띄었다. 열 명가량이 모여 찍은 단체사진에서 그 애와 나는 손을 잡고 서 있었다. J의 얼굴은 내가 기억하는 것보다 앳되고 천진했다.

오직 사람만이 다른 사람을 구원할 수 있다면. **평생에 걸쳐 흔적을 남길 나의 첫……**

나는 유니버스로부터, J여신으로부터, J로부터 왔다. 허물어진 사랑으로써 나의 유니버스는 완성되었다. 나의 상식. 세상의 규칙. 사회적 관습. 그런 게 아니라 사랑이 곧 당위가 될 수 있다는 사실을 나는 그들에게서 배웠다. 오직 사랑을 동력으로 움직이는 빛나는 세계. 나는 그 안에서 살고 싶었다.

그건 진짜였다. 모든 게, 있었던 일이었다.

먼저 조건 없이 나를 지지해주는 가족에게 고맙다. 남궁보영, 정수현, 한승아, 그리고 미숙한 이 소설이 등지를 찾기 전 읽고 감상을 나눠준 많은 친구들에게 고맙다. 친구들이 나눠준 애정으로 이 이야기를 쓰고 지킬 수 있었다. 지난한 투고 과정에 지쳐 있던 내게 마침내 등지를 마련해주신 책나물의 김화영 대표님께도 깊은 감사를 전한다.

책을 내게 된다면 하고 싶은 말이 많았다.

하지만 고민을 거듭할수록 선명해지는 것은 부끄럽다, 는 생각뿐이다.

다음에는 조금 덜 부끄러운 소설을 쓰고 싶다. 모르는 사람들의 이야기에 귀 기울이고, 아는 만큼만, 진심으로 쓰고 싶다.

마지막으로 나의 J에게 사랑을 전한다. 너는 내가 묘사할 수 있는 것보다 훨씬 따뜻하고 강하고 복잡하고 아름다운 사람이다. 너를 기다리는 좋은 일이 아주 많기를, 네가 행복하기만을 진심으로 바란다.

2022년, 다시 4월을 보내며
이혜오